藍小說 ⑨①⑧

村上春樹作品集

邊境・近境

村上春樹著　賴明珠譯

邊境・近境

邊境・近境

東漢普頓　作家們的安靜聖地

一九九一年秋天，有一家信用卡PR雜誌社委託我寫一篇關於東漢普頓的文章。因為碰巧我要去參加紐約市馬拉松大賽，心想正好可以在那之後去，於是接下了這篇採訪。同行者有攝影師松村映三君。東漢普頓確實是一個美麗的地方，不過如果要問我個人的意見的話，不管是美國也好、日本也好、任何地方都好，作家聚集的地方我都不會很想去住。

我一提起要去東漢普頓(East Hampton)時，就有幾位出版界的朋友說「那麼你到了那裡之後，一定要去見這個人」，而把住在當地的作家朋友名字告訴我。出版社負責廣告宣傳的吉里安提出湯姆・吳爾夫、大衛・瑞彼得、E・L・達克特羅的名字。*New Yorker*的編輯琳達・阿夏也提出科特・馮內果（Kurt Vonnegut）的名字。吉里安和琳達都是純粹的紐約人，在漢普頓也有房子，和這些作家們住得很近，彼此認識。（可惜我這次既沒見到馮內果、沒見到達克特羅、也沒見到瑞彼得。不過湯姆・吳爾夫倒是後來在紐約碰面了）。

總之東漢普頓這個地方，對於搖筆桿子的人來說，似乎是某種聖地的樣子——這麼說雖然也許有些誇張，但總之這裡有很多作家。而且不用我說（因為東漢普頓的地價相當貴），其中大半是**成功的**作家。東漢普頓喜歡成功的作家，成功的作家也喜歡這塊土地。在這層意義上，這裡對美國的作家來說，或許就成為後天性方便的聖地了吧。

提到以高級避暑地而為文人所喜歡的居住地方，以日本來說，就相當於輕井澤或鎌倉一帶，不過實際去看過以後，那美麗和規模之大簡直有輕井澤加鎌倉再乘以二，還遙不可及。到這種地方一看，對於美國這個國家所儲藏的資源之龐大，還是不得不嘆為觀止。

東漢普頓在長島東邊，從紐約來的距離正好一百英里。開車的話兩小時多一點可以到。如果錢多可以租直昇機，半小時就到了。如果有更多錢的話，也可以搭自家用的噴射機去。

當然作家並不那麼有錢，因此大多開車來回。他們大多在紐約市內擁有公寓。有事時到紐約來，辦完事再回漢普頓悠閒地工作。這是住在這裡的作家大體的生活類型。我以前在紐約見約翰・爾文（John Irving）時，他說他在從漢普頓來回的車上聽狄更斯小說的朗讀錄音帶。因爲時間長，所以最適合一路上一面開車一面聽這種長東西。不過這位爾文先生已經搬到加拿大去了（他好像不喜歡美國這個國家）。他的房子正在賣。「怎麼樣，村上先生買下來吧？」吉里安笑著說。

在漢普頓擁有房子的不只是名作家而已。Ralph Lauren、史蒂芬史匹柏、比利喬艾爾、卡文克萊、勞勃狄尼洛、保羅賽門，還有其他沒辦法一一舉出名字的許多名人也都在這裡擁有房子。

在東漢普頓，有很多這種「新軟派有錢名人」。不過這些名利雙收的人卻只有夏天到這裡來（他們當然是在私家海灘悠閒地游泳），偶爾在週末，或感恩節、聖誕節也會到這裡來，其他時候大多住在紐約市內。夏天一過，到了枯葉開始飄落的時節，留下來的就只有當地的居民，或只要有打字機或電腦，就可以到處工作的作家了。

「這是非常好的類型噢。」住在漢普頓的作家彼得・史膺特說。「一年的大約一半，這一帶到處充滿了人。常常有宴會，人來人往的，好不熱鬧。終於，當你覺得這些有點煩的時候，正好秋天到了。人們就都回到城裡去。然後留下我們安靜地工作。誰也不會來打攪你，什麼都不會來妨礙你。而當這種生活逐漸無聊，你想來點刺激時，正好五月又來了。你不覺得這對作家來說很理想嗎？」

在西漢普頓兩星期舉行一次作家的聚會。說是聚會也沒做什麼特別的事，只是住在這一帶的作家大家聚在一起，喝喝酒、吃吃飯、聊聊天而已。「有各種類型的作家，」他說。「巴德·修柏格（劇作家，以費滋傑羅爲描寫對象的小說《夢碎》執筆者）、彼得·漢米爾（他不久以前離開這裡）、達特森·雷達、還有其他很多人。下次聚會就是明天晚上，你也一定要來喲。」但第二天早晨我必須回紐約，因此很遺憾無法去參加那個聚會。

從東漢普頓街上開車往北大約二十分鐘左右，有一個叫做沙格港（Sag Harbor）的小港。湯姆·哈里斯（《沉默的羔羊》）、道克特洛、賓塔羅等也住在這裡。尼爾森歐格雷（《神女生涯原是夢》、《金臂人》）過去也住這裡。告訴我歐格雷的事情的，是「卡尼歐書店」的經營者卡尼歐。他說「十一年前我開始在這裡開起舊書店時，開幕那天一個眼光兇惡的男人走進來，眼睛骨碌碌地轉了店內一圈。那就是歐格雷。

『喂，你這也叫書店哪？我家臥室書架的書還比你這裡多呢！』他這樣說完就回去了。

不過三天後，卻帶著抱也抱不完的書來。然後說『把這排出來賣吧』。是個滿乾脆的男人。芝加哥出身的粗魯男人，總之不太愛理人，嘴巴又壞。不過其實心卻很溫暖。」

當時歐格雷是個被遺忘忽視的作家。幾乎已經沒有年輕人要讀他的小說了。他在這個過去曾經以捕鯨港有過一段微小光榮的沙格港過著遺世獨立的生活。但在卡尼歐的店舉辦他的朗讀會時，店裡的聽眾卻客滿，這讓歐格雷覺得很幸福。

「兩星期後，歐格雷就死了。」卡尼歐說。並搖搖頭。

我住的旅館「The Pink House」的主人，是名字叫做龍的年輕建築師。他把東漢普頓一等地區拿出來賣的一家老房子買了下來，自己改裝成旅館。「我的女朋友蘇一看到這房子，就說，嘿，我們在這裡開旅館嘛。這是兩年前的事。」他說。「我就是被她說服了，才開始做這生意的。改建的每一個細節也都是我做的。從剝除牆面、配管、配線、刷油漆，全都親自動手。」

如果說房子的維護是龍的任務，那麼餐飲就是由蘇負責了。她爲我做了很棒的早餐。紅蘿蔔麵包、核桃酥餅、什錦乾果麥片粥加牛奶（granola）、煎鬆餅，全都是親手做的，非常香酥美味。這裡提供住宿和早餐，餐點只有早上才有，不過每天早晨爲了吃這頓早餐就眞是令人期待了。

這家旅館還有值得一看的是，家具擺飾。「裡面幾乎沒有爲了開店而特地買的東西。都是我們以前所收藏的東西，或從祖父母接收來就繼續照樣使用的。這樣一來，氣氛也變得非常安穩沉靜。」看著這些東西時，我不得不承認美國這個社會具有某種健全性。買下十八世紀建的房子，憑自己的雙手把房子每個角落重新改裝，用自己親自收藏的家具用品佈置擺飾起來，爲客人提供親手做的樸素餐點。如果在日本來說，這可以算是脫離上班族生活，做起民宿的經營者，不過從龍和蘇身上卻看不到一點洩氣的地方。看得到的只有極坦然地繼續承接傳統東西的那種舒坦心情。

「與其說是旅館，不如說在自己家裡招待客人的感覺。所以也沒有特別做廣告。房間裡沒有電視也沒有電話。只要大家願意來，在這邊的客廳或餐廳，像在自己家一樣放鬆就好了。上次史匹柏結婚典禮的時候，就讓客人一起住在這裡。那時候好開心。羅賓威廉斯、馬丁辛、羅布洛這些大明星就坐在那邊的客廳，大家喝喝酒、聽聽音樂、唱唱歌。那個樣子眞的很棒噢。」

一到十月，漢普頓這地方就變得沒有任何可以稱得上娛樂的東西了。這麼一來，剩下的就只能讀書，或工作而已了。而等到讀書，或工作膩了時，就只能散步。幸虧的是，這裡眞的是個散步的理想地方。因爲有點太遼闊了，所以應該也可以像在輕井澤一樣騎腳踏車到處繞吧。這裡有各種有名的房子。有各種名人居住的房子。有一九二〇年代興建的林格・拉得那的有名宅第。有沙拉和傑拉德・馬菲夫婦住的粉紅色的房子。有費唐娜薇的家（費想在自己家的庭園裡建游泳池，向地方議會提出申請被駁回，一氣之下才在不久前搬離這裡）。卡文克萊的家近鄰就是史匹柏的家。

爲什麼名人都喜歡聚集到漢普頓這地方來住呢？是什麼把他們吸引到漢普頓來呢？這是個相當難回答的問題。我到漢普頓來之後，遇到各種人時都試著提出過這個問題。不同的人各有不同的回答。包括有地利之便、風景之美、有環境保護得好、治安良好、有文化性風景。但最能說服我的則是這樣的答案「總之名人就是喜歡和名人住在一起。這樣對他們好像最安心的樣子。」我想或許是這樣。所以聖地才能夠像這樣存續在二十世紀、而且應該也會存續到二十一世紀吧。

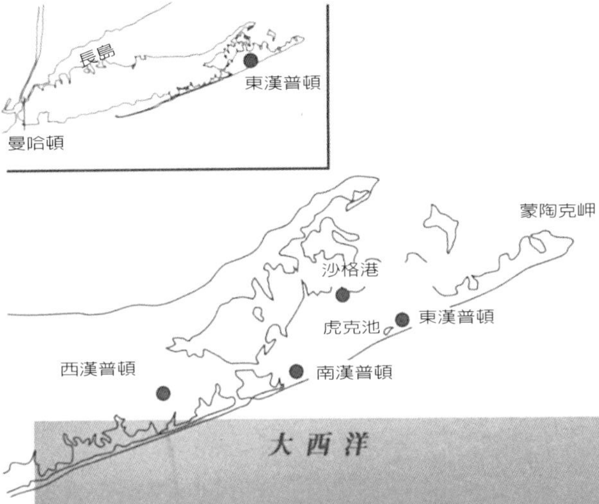

擁有私人海灘的漢普頓超豪華別墅。

無人島・烏鴉島的祕密

九〇年八月。一提起無人島，彷彿就會禁不住想起某種浪漫的冒險似的，但那想法真是太天真了。就像讀了就知道的那樣，其實是相當「土哈哈」的地方。同行者是松村映三君。這篇文章曾經刊登在*Mother Natures*雜誌上。當時對我們很熱心親切的島主村上先生幾年後已去世。不知道後來烏鴉島變成怎麼樣了。

我想如果曾經乘船在瀨戶內海旅行過的人應該知道，瀨戶內海真的有多得數不完的島。大的有淡路島，小的甚至連地圖上都幾乎找不到，總之到處都是島。不過雖然島這麼多，但一提到私人所有的島時，數目卻少得驚人——就是這麼回事。雖然過去我也不知道有這種事。

那麼要問這些島到底是誰的時，大多的島似乎都屬於自治體所有，或複數個人所共同擁有。在希臘以歐那西斯為首的超級有錢人擁有幾個海島代替別墅（附遊艇碼頭、直昇機機場，當然必須有許可才能進入），夏威夷的尼豪島（Nihau）已經有幾十年絕對禁止外人進入，始終仍保留著昔日的生活，以執迷的鎖國島而聞名。但瀨戶內海並沒有這樣隨性而個性強烈的島。雖然我覺得有一個也不錯。

山口縣的烏鴉島就是這樣少數而珍貴的私有島之一。擁有這座島的是一位姓村上的先生，很遺憾是跟我完全沒有血緣關係的村上先生。村上先生住在烏鴉島的對岸。本來是歷史悠久的釀酒廠主人，現在則已經歇業了，住在面海的寬闊宏偉的老宅院裡，一面整理著古書，一面過著悠然自得的隱居生活。

烏鴉島在村上邸的正對面，約在海岸外八百公尺的海上。面積六千坪。因為只隔八百公尺而已，想游過去的話並不是不可能。只是這一帶卻是以全國海潮激流最強而聞名，並不是經常都可以游泳的地方。只有在漲潮或退潮而沒有激流時才能游。漲潮時游到島上去，在那裡待一陣子，等到退潮時再回來。或倒過來相反。以前這一帶的小孩，好像要能游到烏鴉島再游回來，才好不容易被認定是一個有出息的孩子。只是島上電力、瓦斯、自來水，什麼都沒有，也沒住半個人，正是世上所謂的無人島。

雖然沒有人住，但島上竟然建有若山牧水的大歌碑。這歌碑平常孤伶伶地浮在水面，但在退潮時，卻可以從島上走過去。是個相當風雅而氣派的歌碑。刻著「搖櫓漸近　烏鴉島在望　黑磯相映　千鳥棲岩上」的和歌，這是牧水在村上家做客時所吟詠的歌。村上家是所謂的地方望族，代代有文人來往，尤其和牧水交誼頗深。這次我有幸在村上宅打擾，雖然也以寫文章爲業，不過我和所謂的文人程度還差得遠，因此相當惶恐。我這樣說雖然失禮，不過我想負責攝影的松村君也不能算是文人。

我們這次來到這裡，是因爲從與內人有私交的村上先生的一位親戚那裡，聽說有關這無人島的事。據說主人擁有一座六千坪之大的島，因爲沒有用途便暫且丟在那裡不管，這倒是相當不簡單。說到一座島，以現行日本通貨來換算資產價值的話，或許北青山的一間大廈套房還比較貴也不一定，不過那個歸那個，這個又歸這個。船歸船，fuck歸fuck（話雖這麼說，但沒看過電影《沙里・情人》的人恐怕不知道這句話吧）。擁有一座島的人生，和擁有北青山一間大廈套房的人生確實不一樣——我想。這樣想著之間，逐漸開始想要到那座島上去一看究竟。可能的話，我還想最好能帶帳篷和釣竿到那裡去住個幾天。在日本要在無人島上過夜實際上不太可能。我想趁可能的時候試試看。我這樣提起之後，村上先生竟然回信說歡迎光臨，於是我便欣然決定去走一趟。

不過再怎麼說，一個人到無人島去總有些不安，於是我向攝影師松村君提到這件事，試著邀他看看，好啊，一起走吧，於是事情就這麼敲定了。

「不過要買很多咖啡濾紙去才行噢。」他說。「如果無人島上沒有水的話，就需要咖啡濾紙。」

「爲什麼？」

「因爲，必須把海水過濾成淡水才行吧？」

這樣談著之間，到底有沒有問題呢，漸漸變得不安起來。想東想西的想了很多。不過總之我們把帳篷啦、塑膠水桶啦、睡袋啦、食品啦、餐具等準備齊全，把這些都堆到車上，就在正刮著颱風的日子裡，一路開到山口縣去。

那天就先在村上先生家打擾一天，第二天才渡海到島上去。那天颱風已過天氣晴朗。一大早，我們搭上附近阿伯的漁船，首先先繞島的四周轉一圈，然後在島上唯一有海灘的地方卸下行李。本來島上還有另一個美麗的海灘，但那裡一漲潮就被水淹沒了。是個漲退潮相差極大的地方。島上當然沒有供船停泊的碼頭，所以只能像諾曼第登陸作戰時一樣，揹著行李在海裡涉水搬運。海水清澈乾淨得令人吃驚的程度。

說到登陸搶灘作戰，據說戰時陸軍實際上就在這海灘演習過登陸作戰。當村上家接到通知希望借來做訓練之用時，曾經把這島捐給國家，但戰爭結束後又歸還回來了。前述的歌碑就是軍方為了答謝而建的。世上雖然有各種歌碑，不過由軍方建的歌碑則好像只有這一個（想必也應該是吧）。雖然是個小島，但一個島總也有一個島的各種歷史。

島上有百分之九十五的部分是像原生林的樣子，人幾乎無法走進去。因為密密麻麻地長滿了竹子，所以戰爭時曾經特地到這裡來挖竹筍，但現在也已經沒有人這麼費事地來挖竹筍了。因為樹木長得太密，所以一般人不太可能進到那裡面去。大白鷺在林間築了好幾個巢。因為是很大的白鷺，所以我第一次看到牠們時眞嚇了一大跳。我想這絕對是鳳凰。有那麼大的程度。白鷺正在海岸的岩石上悠閒地休息，當我們的船一靠近時，全都一副「眞討厭，幹嘛特地跑到這種地方來呢」的臉色，嫌麻煩地啪噠啪噠地展翅華麗暢快地飛走了。然後在樹林的枝頭停了下來。島簡直成了野鳥的自然保護區。有鳶，也有鳩。當然名副其實也有烏鴉。白鷺和烏鴉在同一座樹林裡同居，總覺得看起來好像在玩黑白棋（奧塞羅棋）遊戲似的。

除了鳥之外，沒有人知道林間還住有什麼。有人說有蛇住在裡面，不過沒有確實證據。也有人說曾經有人帶兔子來這裡放生。這也沒有確實證據。樹林裡偶爾有窸窸嗖嗖的聲音。我想大概是鳥吧，不過不知道到底有什麼則確實叫人不太能心安。

我們把行李全部卸完之後，船就回港去了。村上先生也特地上船一起送我們到島上來。「你們眞的要在這裡露營三天嗎？」臨走時村上先生再一次確認。

「是啊，如果可能的話希望能待那麼久，因爲食物和飲水都準備得夠多了。」我說。水有二十公升的兩塑膠桶，還有半打礦泉水。光有這個應該就夠了吧。

船走掉之後，周圍忽然變得好安靜。因爲離本土不到八百公尺，所以對面的一些房子看起來就在那邊。也看得見來來往往的漁船。所以萬一有什麼事的話，只要揮揮手，或大聲叫，我想就會有人來救。雖然說是無人島，但這是屬於相當適合初級者的無人島。和出現在一格漫畫中只長了一棵椰子樹的無人島大不相同。不過話雖如此，無人島畢竟還是無人島。這裡除了我們之外，眞的沒有任何人。這樣一想不知道怎麼忽然變得啞口無言了。

不管三七二十一，先把帳篷搭起來再說。然後想到「好了，來痛痛快快地游泳吧」於是跳到海裡。既沒有波浪，水又乾淨，眞是非常愉快。然後稍微游出海時被水母刺到了。我從以前開始就不太喜歡水母。高中時候，做遠泳時，曾經游進水母群裡去，那時候我想完了，心臟大概停了。總之匆匆游回岸上。腳上像蚯蚓般一條條腫起來。已經接近秋天，颱風又剛過，因此水母開始出來。很遺憾只好暫時放棄游泳，脫光衣服在岩石背後做日光浴。這又是另一件無論如何都想要在無人島上做的事情之一。不是我想隱瞞什麼，老實說我最喜歡渾身上下赤裸裸地讓太陽曬個夠。你也試試看就知道，這樣眞的好舒服。不過在日本只有在無人島上才有可能做到。靠在岩石上，一面讀著安·比堤的短篇集（雖然這是否適合在無人島上全身赤裸地閱讀還有疑問，不過我只帶了這本書），我悠閒地做了兩、三小時的日光浴。偶爾有本土和海島之間的中型貨船或遊艇經過。日照很強，周圍的風景一副瀨戶內海式的，朦朧而溫柔地籠罩著一層薄靄。身體已經完全攤平了。你瞧，怎麼樣，太帥了！正確說我並不知道到底是衝著誰這樣想的，不過總覺得好像有，「你瞧，怎麼樣，太帥了！」式的目中無人的心情。這或許也是無人島的效用也未可知。

吃過中飯之後，試著釣了一下魚。我們雖然準備了釣沙鮻魚的釣具，不過眞的臨場一看，因爲海底是岩石，釣鉤馬上就被卡住，一點都不順利。沒辦法只好這個也放棄。結果是游泳和釣魚都行不通。也吃不到烤沙鮻魚了。現實這玩意兒總是不會那麼順利的。我們原來

瀨戶內海的無人島，烏鴉島。

估計只要游游泳和釣釣魚，短短三天的時間一定是一轉眼就過去的。然而我們好像不適合釣魚的樣子，上次到土耳其的黑海沿岸，兩個人去釣魚時，連一隻魚都沒釣到。這麼一來，剩下能做的事就只有一面延長裸體日光浴，一面讀安・比提了。而且如果天一陰下來一切就完了。

從這前後開始，我們的悲劇便逐漸開始了。命運的指針朝向不順利的方向轉變過去。

四點退潮時因爲岩石露了出來，所以我們決定繞著島走一圈。松村君說想拍照片，我也想繞一圈看看到底是怎麼樣的一個海島。除了極小的一部分之外這島的海岸全是峭立的懸崖，因此只有在退潮的時候才能走著繞一圈。當潮水退了之後，腳踩在從海面露出的岩石上跳來跳去的走法。雖然是潮水退乾的時候，但有部分地方還是必須脫下鞋子走下水裡才行。松村脖子上掛著萊卡(Leica)相機一面拍照片，但在腳踩進水裡才要開始走的瞬間，腳底卻猛不防被牡蠣殼割傷了。而且反射性地伸手搭在身邊的岩石時，手掌也猛不防被割傷了。正如你所知道的牡蠣殼非常銳利很容易割傷人。而烏鴉島北側的岩岸則長滿了一大片密密麻麻的牡蠣。

因爲流了不少血，於是慌慌張張地回到帳篷去處理。雖然消毒過包上繃帶了，但傷口似乎相當深，血不太容易止住。雖然一應的急救醫療工具都帶了，但消毒藥和繃帶的量都沒有準備得很多。這樣的時候所謂無人島可就很要命了。既不能游一下泳就到藥房。更糟糕的是萊卡相機也泡到海水裡報銷了。一向寶貝的骨董萊卡，裡面還裝有拍攝中的軟片。「眞傷腦筋啊！」「嗯，沒關係啦！」就在這樣說著之間天已經暗了下來，不久蟲子就出來了。

是蟲子。

從傍晚我們在吃著晚飯的時候開始，就覺得好討厭，蟲子怎麼這麼多。不過當時還不太在意。心想終究是無人島，蟲子總會有吧。一面把往身上爬行蠕動的蟲子拍掉一面吃完飯。一面眺望著黃昏的海一面喝酒。但隨著四周逐漸變暗，蟲子的數目卻像默示錄般地繼續增加。有各種蟲子。首先就是海蟑螂了。這些蟲子從白天就有很多趴在岩石上，不過沒有靠近這邊來。但是天一黑，不知道是鼓起勇氣來了還是怎麼樣，很多都開始往這邊來了。這正如您所知道的，並不是很適合親近的蟲子。還有猛不防跳來跳去飛的像蜘蛛一樣的蟲子也開始在旁邊繞著飛。雖然好像無害，但被這種東西在旁邊圍繞著總是不太舒服。還有像草履蟲似的東西。這些在太陽出來的時候，便縮在沙子裡睡覺。但是天一黑，就悄悄地爬出地面來。開始找東西吃。這些傢伙於是蠕動過來了。平常沒有人的地方，現在卻有人來了，還吃了飯，所以蟲子們大概是被食物吸引來的吧。

用手電筒一照，可以看到蟲子正爬到所有一切東西上。包括裝了食物的袋子、皮包、照相機箱子、餐具、帳篷，到處都鑽進了蟲子。我們急急忙忙把重要的東西放進密閉式的帳篷裡去，把已經侵入的蟲子趕出來。然後躲在帳篷裡安靜不動。看到那麼多的蟲子之後，實在提不起勁走出去。帳篷裡又狹窄又悶熱。兩個大男人躲在這樣的小地方一點都沒趣味。可是一出去又有蟲子。蟲子甚至群聚在帳篷頂上，頭上嗡嗡嗡嗡地發出令人不舒服的聲音。一到夜晚，地上便被那些夜之小蟲所支配。我們反而成爲那個世界的闖入者。也沒有理由抱怨。雖然小，但在無人島上，自有無人島獨立自主的生態體系存在。白天雖然不太有感覺，但太陽下山，天一變黑之後，我們就名副其實的被那包圍住了。我們可以深深切膚感覺得到那存在。我們是無力的，也無處可逃。夜裡是牠們的世界。我不禁想起布拉克伍德的《多瑙河的柳林》那恐怖的小說。

然後半夜裡潮水漸漸滿起來。就像前面也寫過的那樣，這一帶的海潮漲退之間差別非常大。因爲知道這點所以我們把帳篷搭在沙灘的最裡面，雖然如此海水還是漲到緊緊挨近我們帳篷的腳下來。我平常大體上都睡得很熟，不過在似夢似眞半睡半醒之間也聽到海浪逐漸湧到腳下來的聲音。也想到，會不會有問題。不過因爲貪睡的性格，便不管三七二十一，心想總會有辦法吧，就那樣繼續睡下去。但是松村卻擔心得幾乎都沒睡著。眞可憐。萊卡掉到海裡、手腳被割傷、被蟲子襲擊、夜裡又睡不著，簡直沒一件好事。

天亮之後，蟲子已經不見了。沙灘上有無數被草履蟲鑽進去的小洞穴。試著用鍬子挖起來看看，在很深的地方，昨夜那些傢伙正縮成一團在睡著覺。把牠們弄出到亮的地方時，就好像在說「哼，好吵啊。少來了，放過我吧」的感覺，又再蠕動起來，再挖地洞鑽進地下去。心想有什麼好吵，少胡鬧了（越來越沒品味），便挖出一大堆來抓弄，不過做這種事也覺得很空虛，於是再脫光衣服，繼續讀安・比堤。

快中午時村上先生搭著漁船來了。

「怎麼樣，有沒有什麼問題？」村上先生從船上問我們。他擔心我們特地靠近來問的。

我和松村都不想和那些蟲子們再一起過一夜了，這一點完全意見一致。而且他的傷也令人有點擔心。

我們向村上先生請教過這些事之後，得到意思是這樣的答案「在海受的傷用海水洗就會乾淨，所以應該沒問題吧。蟲子是會出來的。」我想確實也有這種想法。但對我或松村君來說，我們都不是死硬派的體育成員爲了接受克難磨練而來這裡的。我們只想悠閒地躺在無人島的沙灘上，心情浪漫一下而已。可不想再被蟲子密密麻麻地團團包圍，兩個大男人擠在又小又悶熱的帳篷裡睡好幾天。所以很抱歉，我們決定請船傍晚前再來接我們。

從船開走到黃昏爲止，我們再度繞了島的周圍一圈，松村用另一台相機拍照。在那之間，我則觀察磯上的生物。退潮後的岩場上眞的有各種生物。雖然不知道在做什麼，不過都在到處爬來爬去地蠢動著。海葵啦、蝦蛄啦、寄居蟹啦，沒見過的蟲子和螃蟹，這些東西拚命地生活著。一直盯著看都眞的不覺得膩。昭和天皇似乎相當長時間也不厭煩地——或者應該說是御不厭倦地——勤快地觀察這些東西，這種事情確實一專心的話就很容易著迷。在噢、噢、噢、地望著之間，就過掉很長的時間了。或許已駕崩的先皇，也曾經注視磯岩上的小東西們，有時候還能像這樣躺下來，嗯、嗯、嗯、嗯——輕鬆一下也不一定。臣村上雖不勝惶恐，仍不禁如此推測（完全沒有自信敬語是否這樣說的）。

就這樣說著說著之間，太陽已經漸漸西沉，黃昏逐漸接近了。睡在地底下的幾萬隻草履蟲也想到「差不多該上去了」而開始蠢蠢欲動起來的時候，村上先生又搭著漁船來接我們。把行李搬上船，最後再請船繞著島的周圍轉一圈。大白鷺依然在岩石上悠閒地棲息著，我們一靠近時，就一副「幹什麼嘛、幹什麼嘛、怎麼還在這裡沒走呢，眞是的！」的感覺，啪噠啪噠地拍拍翅膀飛走了。不過船一離開島，那裡又恢復爲原來的無人島。恢復爲草履蟲啦、磯岩上各種生物們啦、住在林間的什麼啦、白鷺啦、烏鴉之類的了。雖然這座島在法律上所有人是村上先生，但對於各種「住在烏鴉島上的生物」來說，這些法律上的問題完全是狗屎。嘿，人類，滾蛋！管你們的。島終究還是屬於牠們的。法律歸法律，無人島歸無人島。

船歸船，fuck歸fuck。

就這樣，雖然遇到了各種意料之外的災難，但無人島眞的是極深奧極有趣的地方。雖然說是適合初級者的無人島，不過仍然自有它的魄力。如果有人現在就預備要到無人島去過夜的話——雖然沒辦法推測全日本到底有多少這樣的人——希望能好好的小心注意。不管怎麼說，總之這次承蒙山口縣柳井市伊保庄的村上先生的多方照顧，眞不知道該如何表示感謝才好。

墨西哥大旅行

九二年七月。前半段我一個人搭巴士旅行，後半段則由遠從紐澤西開車過來的松村映三君，和我的翻譯者阿佛瑞德・奔包（Alfred Birnbaum）在途中會合。報導圖文刊登在*Mother Natures*雜誌。旅行後不久，在聖・克里斯多巴魯・得・拉斯・卡沙斯(San Cristobal de las Casas)附近，發生原住民大規模的叛亂，後來也連續發生殘殺事件。現在恐怕不可能再做像這樣悠閒的旅行了。不過墨西哥是個非常有魅力的土地。希望以後還有機會造訪。並祈禱當地恢復和平。

從陪特．巴亞達（Puerto Vallarta）到歐阿哈卡（Oaxaca）

在墨西哥旅行一個月左右之間，在當地遇到過幾個人都問我「你爲什麼會來墨西哥呢？」而且每次都讓我經驗到輕微的混亂。因爲我感覺到那疑問中含有〈爲什麼不去別的國家，卻特地選擇墨西哥當做旅行地點呢？〉的意味。我過去曾經到過幾個國家旅行，但記憶中幾乎從來沒有被問過像這樣，在某種意義上可以說是根源性的問題。例如在希臘、在土耳其、在德國，都從來沒有被問到「你爲什麼會來希臘（或土耳其、德國）呢？」他們大體上，似乎覺得人們來他們的國家旅行是理所當然的事情。我也覺得那好像是很正常的想法。因爲我是旅行者，而所謂旅行者則再怎麼說總是要到什麼地方去的。不管是他或她正因爲提起行李，買了票，到什麼地方去，旅行才能成立。對嗎？而且如果旅行者不得不一定要到某個地方去的話，那麼爲什麼他到土耳其、或希臘、或德國、或墨西哥去就不行呢？

從這文脈來說，我對於「你爲什麼要來墨西哥呢？」的問題，反過來，也可以極天眞沒惡意地反問道「我爲什麼不能來墨西哥呢？」爲什麼沒有可以文言化的理由或目的的人，就不能夠到墨西哥來旅行呢？

例如假定對到日本來旅行的外國人，提出同樣的問題（你爲什麼要來日本呢？）的話，大概會有各種回答吧。不過——當然有——終究，回答應該只有一個。他們想要以自己的眼睛看那個地方，用自己的鼻子和嘴巴吸進那裡的空氣，以自己的腳站在那塊土地上，用自己的手摸摸在那裡的東西。

保羅・塞洛在某一本小說中曾提到一個從美國到非洲的女孩子，談到自己爲什麼會到世界各地旅行的一段。因爲是很久以前看的書，所以記不得說詞的正確細節了，如果有錯誤請原諒。不過我想大約是這樣。「在書上讀到過什麼，照片上看到過什麼，聽人家談到過什麼。但我如果不自己實際去到那裡看看，就無法認同，無法安心。比方說我不親手去觸摸希臘阿克波里斯(Akropolis)城的柱子就不甘心，不用自己的腳泡在死海的水裡試試看也不甘心。」她爲了摸阿克波里斯的柱子而到希臘去，爲了把腳泡在死海的水裡而到以色列去。而且她變得欲罷不能，於是到埃及去登上金字塔，到印度去走下恆河……或許你會說，去做這樣的事情既沒什麼意義，也沒有止境。不過我想如果把各種表層的理由一件一件地拿掉的話，結果那可能是所謂旅行這東西所擁有的最正當的動機，和存在理由吧。對說不出理由的好奇心、對活生生接觸感受的欲求。

不過在墨西哥情況似乎又有一點不同的樣子。旅行前我跟一位美國的記者談話時，提到「我現在開始要到墨西哥去旅行四星期左右」，他給我一個忠告。

「你到墨西哥去，他們可能一定會問你。爲什麼你要到墨西哥做那麼長的旅行。」

「哦。」

「那樣的時候，你就可以這樣回答。」他一本正經地說。「我想寫一本關於墨西哥菜的書。聽清楚噢，墨西哥菜。這是他們會認同的唯一理由。這樣的話一切就會很順利。」

「原來如此。」

「不過這也有一點問題。」

「什麼問題？」

「你一提出墨西哥菜之後，他們會永遠繼續這個話題。我老媽最拿手的菜是這樣的。我奶奶最得意的菜則是這樣的……」

結果，我決定不提我要寫有關墨西哥菜書的話題。

在歐阿哈卡(Oaxaca)偶然遇到一個日本女孩子，我們在廣場前的咖啡屋一面喝著冰啤酒一面談著時，她問我「沒想到村上先生這種人也會到墨西哥來。總覺得不搭調。你爲什麼選墨西哥做爲旅行地呢？」

不搭調。

被她這麼一說，或許我眞的是個和墨西哥這個國家不搭調的人吧，我逐漸有這樣的感覺。越想越開始覺得自己這個人，是由於錯誤的動機，來到錯誤的場所的錯誤的存在似的。老實說，過去我自己並沒有特別感覺到墨西哥這個國家和自己之間，有什麼可以稱得上不搭調的地方，不過一旦注意到之後，簡直就像癌細胞的異常繁殖一般，可以感覺到我心中不搭調的可能性逐漸膨脹起來。我變得無法阻止那增殖了。爲什麼呢？因爲我完全沒有能夠確實反駁「沒這回事。我並不是和墨西哥不搭調的人」的類似理論根據。我只是像前面我說過的塞洛的小說中的女孩子，只爲了要親眼看一看那裡、親手摸一摸那裡的理由，而去到「那裡」一樣地，來到「這裡」。只爲了〈想到墨西哥這塊土地上去看看〉的單純心情把我帶到這裡來。

不過這樣的回答（不管是多坦白多誠實）大概都不太有用吧，我想。也許需要更具說服力的答案吧。我一面在墨西哥旅行，一面繼續這樣覺得。事實上，我在墨西哥遇到的外國人，大多對於自己現在來墨西哥擁有明確的理由。住在墨西哥的理由、到墨西哥旅行的理由、被墨西哥這個國家吸引的理由。有人是迷上阿茲臺克(Azteca，譯註：十三到十六世紀繁盛的墨西哥王國)或馬雅的文化或遺跡，有人被墨西哥美術所吸引，有人愛上墨西哥的風土和風景，有人因爲墨西哥人以身爲墨西哥人的墨西哥性而著迷。某種美國人爲了某種美國性的對極中所具有的東西來掌握墨西哥，某種日本人以某種日本性的對極中所具有的東西來掌握墨西哥。他們在談起墨西哥時，有一種特別的眼神。每次遇到這種人時，我總是深深強烈地體認到自己的缺乏目的意識。甚至有些慚愧的感覺。在這層意義上，這裡不能不說眞是個奇妙的國度。

這個國家對入國者，或許除了護照和簽證之外，還要求某種明確的目的之類的東西，我開始這樣想。他們要可以說得出口，能夠說服別人的明確目的。好像說「原來如此，我明白了。因爲這樣所以你來到這裡啊。」於是碰一聲爲你蓋下章似的目的。如果像「不，我只是想到處看看各種東西。那到底在哪裡，不實際親眼看到，怎麼會知道在哪裡呢？」這樣說明的話，在這裡好像誰也無法認同的樣子。當然如果搭噴射機到像阿卡波可(Acapulco)、或康孔(Cancún)之類的大觀光地去，游泳三、四天就回去的旅行的話又另當別論，像這次我們的旅行，長達一個月想慢慢看一看普通一般的墨西哥，這種情形則會被要求有更清楚明確的理由。

不過，不是我自我辯解，說起來我的人生——雖然我覺得也不一定僅限於我的人生——是由無窮盡的偶然性所累積而成的。人生過了某一個點之後，我們便某種程度變成像吞進那堆積如山的系統類型般的東西似的，也可以從那類型的存在方式中看出某種個人性的意義來了。而且，如果我們想的話，也可以把那個叫做理由（reason）。不過雖然如此，我們根本上依然還是被偶然性所支配，我們無法超越那領域的範圍，這基本事實還是沒變。不管學校老師多麼想拿出理論來做整合性的說明，理由這東西，本來就是對沒有形狀的東西勉強加上的暫時性框架而已。對於可以用語言來表達的東西，又有多大的意義呢？眞正有意義的，難道不是隱藏在語言所無法表達的東西裡嗎？不過，我一腳踏進所謂墨西哥這個「場所」，吸入那裡的空氣時，首先感覺到的是，在這裡就算這樣說一定也行不通的某種覺悟。

在來這裡以前，自從讀了墨西哥作家寫的幾本書之後，我就開始稍微有一點這種感覺了。我讀的（或打算讀的）是歐克達比歐．帕斯的《孤獨的迷宮》，和卡洛斯．費德斯的《我所愛的格林哥》，不過，兩本都在途中放棄了，雖然一則因爲以讀物來說不很有趣（不用說，這些書的文學價値，無論在任何意義上都不可能因爲我覺得無趣而稍減），同時我一面嘆氣一面想「或許是吧」。他們在那些書中所寫的，若要追根究柢的話，我覺得好像只有一個事實。那就是「這是墨西哥、這是墨西哥人、這是墨西哥、這是墨西哥人……」。旅行前如果一一讀過這些書的話，那不是不成其爲旅行了嗎？雖然我這樣想，老實說。而且如果墨西哥這個國家對於自己國家的文學和文學家，眞的要求如此確實的自我規定、自我解析到這個地步的話，我覺得似乎有點過分。

*

最初的十天，我一個人旅行。我從舊金山搭飛機到太平洋岸一個叫做陪特・巴亞達（即巴亞達港）的觀光地去，從那裡搭巴士沿著海岸前進，在歐阿哈卡這內陸都市再和從美國本土開車來的攝影師松村君會合，然後兩個人旅行。前來訪問住在墨西哥的雙親的阿佛瑞德・奔包也加進來十天左右。阿佛瑞德會講流暢的西班牙語，因此對我來說眞是幫助很大。

不過總之前十天我是一個人旅行的。回想一下，眞是好久沒有揹著背包一個人旅行了。學生時代我一直都是這樣旅行的。結婚之後，也常和我太太兩個人揹著背包去旅行。不過有一天，我太太向我這樣宣言，我已經一把年紀了，已經不能，也不想再做這種旅行了，我以後要住在正式的飯店（她指的是浴室有熱水淋浴、廁所有水可以沖、毛毯上沒有跳蚤和蝨子的飯店），我可不要再揹著十公斤的背包，從巴士招呼站走到火車站了，因爲我的體重只有四十二公斤哪。確實她說的一點也沒錯。做那樣的旅行我們年紀已經略嫌大了一點。而且做貧窮旅行也變得沒有意義了。因爲跟過去不同，我們現在並不是沒有錢。

從此以後，我們不再揹背包，而帶Samsonite旅行箱，租中型的出租汽車，住不壞的飯店，到不錯的餐廳用餐，給紅帽子和服務生偏多的小費，做世間一般的旅行。也把適合學生的『Let's Go』系列的旅行指南清出箱子，改買例如米其林(Michelin)之類稍微一般性的旅遊書。這樣子也可以算是人生的一大轉變。墮落，或許你會這樣說。不過不管怎麼說，超過四十歲，至少關於旅行方式，我們畢竟可以算是成熟的大人了。

但是這次，只有前面十天我決定還是跟以前一樣揹著背包做貧窮旅行。在陪特．巴亞達機場下了飛機，正要背起背包時，心想「嗯，就是這樣，這種感覺。」其中確實有自由的感覺。那既是從所謂我自己這個立場出發的自由，是離開一種角色的自由，也是脫離年代上所成立的我自己的自由。這種自由的感覺，包含在肩上所揹的肩袋的沉重中。放眼望去，這裡沒有一個人認識我。也沒有一個我認識的人。我所帶的東西全都收在背袋裡，我能稱爲自己的所有物的，只有這些而已。

我帶了在旅行期間打算聽的新買的隨身聽，和幾捲錄音帶。帶了幾本書。在墨西哥一面旅行會想聽什麼樣的音樂，我無法預料，因此在眼睛所及的各種方面就隨便抓一些塞進背袋裡。我帶了B52-S、帶了克拉倫斯．卡特、帶了史坦．蓋茲、帶了瑟隆尼斯．孟克、帶了

Kathleen Battle的莫札特，帶了巴哈的平均律，帶了南方之星和井上陽水。不過其中最常聽的，再怎麼說還是從CD編成九十分鐘錄音帶的瑞奇・尼爾生的最佳精選盤。請不要責備我一面在墨西哥旅行還一面在聽瑞奇・尼爾生的老歌。也請不要想成村上春樹是沒有思想性的愛回顧的懷舊作家之類的。（雖然或許眞是這樣，不過請不要因爲這篇文章的關係而這樣想）。我一直在聽瑞奇・尼爾生的錄音帶，其實老實說是因爲我一直在讀著瑞奇・尼爾生的傳記的關係。

雖然這和墨西哥旅行幾乎沒有任何關係，不過這是一本非常有趣的書（Philip Bashe *Teenage Idol, Travelin' Man; The Complete Biography of Ricky Nelson*, Hyperion），讀得相當入迷。正如您所知道的那樣——或許您不知道——瑞奇・尼爾生是熱門電視節目『開朗的尼爾生』（日本也曾在星期日下午在NHK播過）演小孩的角色，從懂事開始他就是全國受歡迎的名人了，開始唱歌之後，則是直逼艾維斯・普里斯萊之後的超級巨星歌手。不過他自己經常對人們只把他當英俊偶像歌手而感到不滿。他認眞地繼續追求音樂生涯。就在披頭四出現的前後，一九六〇年代中期因爲音樂趨勢的急遽變化而人氣衰落之後，瑞奇還是依然默默追求自己的新曲目領域，強烈拒絕做一個只站在人前唱懷念老歌的歌手。而且因爲這樣還在麥迪遜廣場花園的音樂會上被幾萬觀眾喝倒采。因爲他堅持拒絕觀眾要求他唱以前的熱門歌曲。雖然遇到這樣的情況，他還是沒有妥協。他以這樣的熱烈感覺，寫出了〈Garden Party〉的曲子。瑞奇在那首曲子裡這樣唱道「如果除了回憶之外，便沒什麼可唱的話，我寧可去開卡車（If memories were all I sang，I'd rather drive a truck）」。結果〈Garden Party〉賣了幾百萬張，瑞奇．尼爾生再度成功地復活了。

不過雖然復活了，卻不是一切都那麼戲劇性地一帆風順。實際的人生和好萊塢電影不一樣。所謂實際人生總是令人厭煩的反戲劇性的連續。瑞奇後來又一連遇到離婚問題、和那伴隨的金錢紛爭，使他耗盡精神，最後死於飛機失事。生前他曾對朋友說過「如果要死的話只有兩種死法我不敢領教，那就是飛機失事和火災」。不過就在他開著自己的自用飛機移動時，機內起火，他被火災燒死了。死的時候，他只留下債務，一無所有。

這樣一本書，我在墨西哥一面旅行一面讀。而且一面聽著可憐的瑞奇．尼爾生還完全不可憐的時候所唱的無數天眞的熱門曲子。

不過，在墨西哥一面搭巴士旅行一面聽音樂並不是一件那麼簡單的事。因爲墨西哥的巴士是沒有所謂寂靜這回事的。車上絕對沒錯一定會放墨西哥音樂。而且不是普通的音量。是以**巨大音量大鳴大放地響著**。所以不管我把隨身聽的耳機怎麼緊緊塞進耳洞裡，我想聽的音樂中，不管我喜不喜歡，還是會混進墨西哥音樂來。剛開始我還是很努力地集中精神在「我的音樂」中，後來也決定放棄那樣的努力了。所以就變成只有躺在海邊的時候，或走路移動的時候，才聽錄音帶。

這對我來說是很大的失算。因爲，我原本計劃在一天長達五、六小時靠巴士移動的時間裡，可以悠閒地聽音樂的。那樣的話，我想應該也比較容易忍受漫長的巴士之旅吧。然而實在太樂觀了，這樣的好夢一瞬之間就被踏得粉碎。在那五、六小時之間，傳進我耳朵裡的，結果只有嗆恰卡、嗆恰卡、嗆恰卡、恰卡恰卡，鐵奇耶路、米啊陌路、嗆恰卡、恰卡恰卡，這種永無止境的墨西哥歌謠曲。或許你會說，那也不壞呀！人家不是說要入境隨俗嗎？那個土地的音樂就當做是那裡有的東西那樣坦然接受，不就好了嗎？確實說的是沒錯，我剛開始時也是努力這麼想的。不過我還是想說，一天有六小時讓你聽完全聽不懂的墨西哥歌謠曲，只要是正常人的話，我相信誰都會瘋掉。比方搭新幹線從東京到廣島移動之間，如果一直不停地以大音量在車內播放演歌（或排行榜暢銷曲）我想你也會覺得非常厭煩吧？至少我是會覺得厭煩的。如果是這樣的話，我絕對不要搭什麼新幹線。

在墨西哥，對於想從一個地點到另一個地點的人來說，致命的問題是，除了巴士之外幾乎沒有其他交通工具可以選擇。鐵路只經過極有限的地方，而且安全和時間的正確性也大有問題。所以只能搭巴士，而且——這是我一直搭巴士在墨西哥旅行的實際感受——能夠好好搭上巴士就必須非常慶幸了。因此我每天每天不管喜不喜歡都不得不被迫聽墨西哥歌謠曲。在這裡絲毫沒有選擇的餘地。只要我一上巴士，就對天祈禱那車上的收音機故障。不管對佛陀也好、聖母瑪麗亞也好、凱札爾科阿多魯（墨西哥的古神），什麼神都好，我都想祈禱。可是車上的收音機卻絕對不會故障。這也是——這點我也想大聲說——在墨西哥的另一件奇蹟。墨西哥很多東西都經常故障。在我所搭乘的巴士上真的也有很多東西故障。有的巴士冷氣故障——好熱好熱，熱得人都快要昏倒了。有的巴士座位的靠背壞了就一直扶不回來，讓我好像坐在牙醫診所接受治療時那樣，不得不幾個小時一直繼續保持那樣不安定的姿勢。有的窗戶老是打不開，或者關不上。有的巴士上甚至幾乎沒有東西是不故障的。車子喇叭不會響、車門關不上、儀表沒有一種是能動的，這並不誇張。真的是速度表、燃料計、全都停死了不會動。但只有車上音響卻健朗地大聲響著。聲音很糟糕幾乎聽不清楚歌詞，不過雖然如此只有音樂卻還是響著。看到這個樣子，我也終於放棄了。在這個奇妙的國家，就算所有的機器都死了，所有的理想和革命都死了，由於某種奇妙的理由，只有車上的音響不會死。

於是我終於放棄了一切的希望，開始把墨西哥歌謠曲當作「在那裡的東西」來接受了。就像灰塵撲撲的空氣、執拗的蚊子、像石頭一般又大又硬的硬幣（那把我所有的皮夾和口袋全都破壞無遺）、印地安小販、和食物中毒一樣。

由於某種奇妙的原因，墨西哥巴士的汽車音響不會死，我這樣寫。然而這好像是語言上的誇大修辭一樣，墨西哥巴士的汽車音響不會死，自然有它明確的原因。那是因爲墨西哥的司機和車掌最愛墨西哥歌謠曲。不管發生什麼天大的事，只有汽車音響他們不會見死不救。一定會想盡一切辦法，付出一切犧牲代價來救活音響。他們之中有人一上巴士，就寶貝兮兮地抱著像公事包一般的東西。起初我還以爲大概是什麼業務上必須的重要東西吧，後來才搞清楚那是裝了錄音帶的提箱。他們在每次錄音帶播完一捲時，便非常小心翼翼地從那裡拿出下一捲來，插進錄音機的捲匣裡。我想箱子裡大約收有二、三十捲左右的錄音帶。他們大概可以連續一天、兩天，一刻也不停地一直繼續聽音樂吧。雖然我也喜歡聽音樂，但卻沒有到那樣熱情的地步。有時候也需要沉默。可是對他們來說，所謂沉默，卻意味著必須被墨西哥歌謠曲熱情地填滿的未完成的空白。因此，就像墨西哥的所有白牆壁都被訊息或廣告塗滿一般，墨西哥的沉默便被墨西哥的歌謠曲仔細地填得滿滿的了。

巴士上搭有各種各樣的人，有帶著馬切刀（山刀）的印地安農民、有上街買完菜要回家的婦人們、有現在正要出發到外鄉某個工地去做工的勞動者、有挑著行李的行商人、有由於某種原因正要從A點移動到B點途中的全家人。在移動的巴士路線上，可以說完全看不到揹著背袋的外國旅客。看不到的不僅是外國旅客，更稀奇的是屬於中產階級的墨西哥人。我所搭的巴士，只有一次看過一個穿著講究的墨西哥人。夾在印地安人、農民、草地人、鄉下婦人之間，那位紳士（或許沒有那麼嚴重，只是感覺像普通都市生活者）眞的顯得很特殊。因爲我以前在巴士裡所遇見的人，說起來都是比較接近底層的墨西哥人，因此那時在視覺上才痛切地感到「啊，墨西哥眞是個社會身分很清楚的地方」。那個人戴著類似巴拿馬帽的帽子，穿著很白的上衣，讀著精裝書。當我以亂七八糟的西班牙語和車掌談話時，他便插進來用英語正確地幫我們翻譯（在墨西哥能說英語是一種身分的象徵，因此有關的翻譯都很親切）。在三十分鐘的休息時間裡，只有他是在餐廳正式地吃魚餐。其他的人（包括我）則喝喝果汁、啃啃麵包或嚼嚼薯條而已。

巴士上也有一些更粗魯的人搭乘。士兵和警察。從一個叫做克友特蘭(Cuauitlan)的海邊小村子（在曼沙尼佑Manzanillo的下面一點），往一個叫做普拉雅．阿思路(Playa Azul)的同樣也是海邊小村子（在拉沙羅．卡爾迪那斯的西邊一點）的巴士上，途中有四個武裝警察咚咚咚地闖上車來。我們在山上一個「山頂茶寮」休息了二十分鐘左右，喝喝冷飲、上一下廁所，差不多要出發的時候，他們沒有任何預兆地出現。警察全都個子高高，身材魁梧，曬得黝黑。頭髮理得短短的，戴著太陽眼鏡，穿著防彈背心。而且腰上配著大型自動手槍，胸前還懷著AK47自動小槍。他們跟街上一般到處常見的警察種類完全不同。他們看來相當強悍、一看就是一副受過特殊訓練的樣子。袖子上配戴著「聯邦警察」（我猜）標誌的臂章。

四個警察中有兩個佔據了司機後方助手席的位置。在那之前坐在助手席的車掌，就被趕到後面的座位去了。另外兩位則在巴士正中央一帶的座位上，分開左右兩邊坐下。一個警察用自動手槍的槍口對著我一揮，叫我走開。他一點也沒有微笑。也沒說「對不起」或「拜託」。只是把手槍的槍口稍微往上舉而已。當然我依照那位警察的意思讓位子給他，拿著行李退到後面的座位去。他會要求我所坐的位子，是因爲從那座位的窗口自動手槍比較容易瞄準。到底發生了什麼事，或即將發生什麼，我都無法猜測。

車掌到我這裡來，告訴我「因爲可能會發生槍戰，所以如果那樣的時候請你馬上趴下」。雖然我的西班牙語亂七八糟，不過一到這種時候，奇怪卻能明確地理解。「是強盜（班底多勢）嗎？」我這樣問時，車掌就小聲說「西（是啊）」。「從這裡開始的一百公里左右經常出現」。也就是說警察武裝起來登上巴士，埋伏著等班底多勢來襲擊。那證據可以從坐在助手席警察脫掉制服只剩下白色T恤，以免一眼就被看出是警察可以知道。這是爲了不要被強盜集團識破有埋伏。坐在我前面一個座位的年輕警察，在巴士開過某一點之後（好像那裡有「從此處開始有危險」的明確界線之類的），便把自動手槍的槍匣卡鏘一聲再一次插進去，慢慢把安全裝置去除。而且把槍口對著窗外以便隨時可以正確地射擊。從他臉上的表情可以看出，這不是光做做樣子的任務。他的臉有點發青，並沒那麼熱，但他的汗卻隨著臉頰一直流下來。

傷腦筋，這可是來眞的啊，我想。難怪一般市民不搭巴士旅行了。不過我來墨西哥之前讀過各種旅行指南，卻全都沒寫到太平洋岸的道路上武裝強盜團頻繁出沒。確實有寫到類似「竊盜事件頻繁發生，因此重要行李請隨時注意不要離開身邊」。不過卻沒看過有關武裝強盜團之類事情的記述。也完全沒有觸及有關被捲進槍戰的可能性。

巴士沿著海岸在險惡的山道上前進。從這一帶開始風景逐漸開始帶有熱帶氣氛了。道路兩旁延續著好像出現在電影《現代啓示錄》中的椰子樹田園，其中也看得見香蕉園。道路的寬度變窄，而且變得彎彎曲曲。除了有時候看得見印地安村落之外，幾乎看不見人影。路上遇見的人，都像出現在Marlboro香煙廣告中一樣，全都戴著帽子騎著馬。一說到墨西哥雖然令人想到sombrero中南美的寬邊草帽，其實除了在土產店之外，都沒看過sombrero。大家都戴著Marlboro式樣的帽子。而且還有幾個是像剛才提過的那樣腰間配著馬切刀（開山刀）的。對於班底多勢的出沒，我想這裏正是最恰當不過的土地了。沒有人跡。到處都可以躲藏。

以墨西哥爲舞台的D．H．勞倫斯的《有翼之蛇》（我覺得這還是應該譯爲『有羽毛之蛇』比較正確）中，有一個德裔墨西哥人被墨西哥強盜用馬切刀殺死的故事，我一瞬間想起了那一幕。

咻！咻！咻！漲滿對死的渴望，傳來馬切刀斬進人類肉體的聲音，然後聽見荷西異樣的聲音。「饒了我吧！——饒了我吧！」他一面倒下一面喊叫，荷西就被殺死了。

宮西豐逸譯．角川文庫

被馬切刀砍殺而死，絕不是一種舒服的死法，我想大概瑞奇．尼爾生也會同意吧。

不過結果，強盜團並沒有出現。而且那一百公里過了之後，警察們就叫巴士停車下車而去。在我前面的警察呼一聲嘆了一口大氣，把AK47的安全裝置鎖起來，把臉上的汗擦掉。對他來說，和對我來說，那都是漫長的一百公里。警察們下車的地方停了兩輛聯邦警察的巡邏車。他們可能是從這裡同樣搭上別班巴士到「山頂茶寮」去，而從「山頂茶寮」搭上我們的巴士回到這裡來的。警察下車之後，巴士上的氣氛忽然輕鬆下來。在警察在的時候，誰都不太說話。音樂也果然放很小聲。

在那幾天之後，從西瓦塔內荷（Zihuatanejo）往阿卡波可的巴士車窗裡，我親眼目睹了屍體——或形狀極接近屍體的東西。雖然是一等巴士，但巴士的冷氣設備故障了，而且坐在我後面座位上中午吃了安奇拉打（enchilada，墨西哥菜）的小女孩，把那完全吐出來了，沒辦法我只好打開窗戶，不經意間恍惚地看著窗外的風景。巴士左側有一輛野雞卡車正超過巴士。可以看見野雞卡車的載貨台上已經坐著四個男人。兩個戴著像作業帽似的東西，空中立著自動步槍，坐在載貨台的兩側。（我想這大概是美國製的M16）。自動步槍的黑色槍身，在太陽下閃著鈍重的光芒。另外兩個人好像被夾在那兩個拿自動步槍的男人之間似的，仰臥在載貨平台上，簡直像被撈上陸地的旗魚一般躺在那裡。那兩個人上半身都打赤膊。而且眼睛緊緊閉著，身體一動也不動。或許他們是在熟睡中也不一定。不過那是個好像會燙傷人似的炎熱夏天的下午。天上沒有一片雲，眼睛所能看見的一切生物，看來都因爲熱而失去知覺正在昏睡中似的。在那樣的地方不可能輕鬆地熟睡的。那樣的話應該會熱得嚴重燙出水泡來。

就在那輛野雞卡車超過我們的巴士的十秒或二十秒之間，我的眼睛名副其實睜得像盤子般大，一直盯著他們四個人的模樣看，但在我的眼裡看來，那兩個躺在載貨平台上的年輕男人，怎麼看都像是剛剛才死掉的人類屍體。不管姿勢、表情、在那樣的氛圍中，完全看不到類似意識的徵候之類的東西。如果他們是被逮捕的「活」犯人的話，為了不被掙扎或脫逃應該會套手銬，如果他們不是犯人的話，在燙得可以煎成荷包蛋的大太陽下的卡車載貨台上，實在沒有悠閒做日光浴的必然性。當然因為我並沒有走近旁邊去明白地確認過，所以並沒有確實證據說那一定是屍體。

因為實在太突然了，所以我只是呆呆地望著那輛野雞卡車消失而去。而且在那之後很長一段時間，腦子裡還繼續不解「那到底是什麼呢？」因為西瓦塔內荷，和阿卡波可說起來也算是墨西哥最有名，而且最繁華的觀光地。

根據後來聽說的（這種事情大多都是後來聽說的），西瓦塔內荷和阿卡波可所在的格列羅州(Guerrero)，在一九七〇年代正是以游擊隊的巢穴聞名的地方，為了鎮壓游擊隊，曾經投入數萬軍隊。而且在政治動亂狀態總算平靜下來的現在，這一帶似乎還殘留著騷動的餘波。沿著公路有許多檢查哨，在這裡到處可以看到警察和士兵。他們都帶著手槍。我們經常和坐在卡車載貨台上的警察隊擦身而過。到處都有軍隊駐屯地。從阿卡波可到陪特・艾斯康迪多(Puerto Escondido)搭巴士，在上車時還被人家用金屬探測器檢查。稍微大一點的手提行李，就不能帶進車內。對這個抱怨的德國旅客被相當粗暴地兇一頓，因此而大爲憤憤不平。人們只要從阿卡波可踏出外面一步，就忽然必須面對粗暴的〈現實〉。到墨西哥造訪的外國人，只要住在西瓦塔內荷、或伊斯塔帕、或阿卡波可的大飯店裡，花該花的錢，就會被當作貴賓般和氣地對待。然而在這些人工製造成的熱帶樂園之外，則是一望無際的〈現實〉荒地廣闊地延伸。

阿卡波可說起來是個悲哀的城市。海髒得不像話。和照片看起來完全不一樣。一游泳立刻就會碰到垃圾。到處都是薯條的包裝袋啦、報紙啦、塑膠容器啦、其他莫名其妙的東西浮在水面飄來飄去。飯店則貴得令你啞然吃驚。而飯店裡的游泳池水面則一閃一閃地漂浮著防曬油的油垢。游泳池旁邊在舉行著悲哀的卡拉OK大會，臉色惡劣的瘦瘦的墨西哥司儀不停地大喊大叫。「好了，接下來是從……來的……先生（小姐）要爲我們唱一首……」。街上到處充滿了計程車，他們只要看到走在路上的外國人，一定就會按喇叭。物價奇貴，商店的售貨員極端的愛理不理。已經開始有一點磨損的幻想，就是我對阿卡波可的印象。

當然我這種印象或許有些片面，或許是錯誤的。我並沒有打算把我自己所有的印象「阿卡波可是這樣的地方」，原原本本強迫推銷給別人的意思。我不是基於這樣的目的寫這篇文章的。老實告白的話，我並不是一個確實牢固的人，而是個含糊曖昧的人，與其說是恆久不如說是一時性的人。與其說正確不如說是不正確的人。而且這終究是「我的旅行」，不是「你的旅行」。我沒有任何強加於你的權利或資格。而且，隨著不同時間、或不同角度看，事物的印象都可能截然不同。就算有人抱著阿卡波可眞是個非常棒的地方，再也沒有比這更棒的地方的印象回來（當然應該會有很多這樣的人，因此每年每年才會有數十萬觀光客湧到這裡來）那也是很正常的事。我並不覺得這些人錯了。每個人各自爲了追尋不同的幻想而到某個地方去，並得到那個。他們因此而花了不少金額的錢。消費他們的休假。那是他們自己的錢，他們自己的時間。所以對他們來說那是他們可以得到的正當權利。

不過在像我這樣沿著陸路搭巴士到達那裡，再沿著陸路搭巴士離開那裡的人的眼裡看來，很遺憾阿卡波可這個都市就顯得像是開始磨損的幻想一樣了。或許那樣的幻想是基於何種結構支撐的，在來到這裡之前的路程中，已經相當清楚地目擊過來了的關係吧。阿卡波可、西瓦塔內荷、伊斯塔帕，或康孔、或卡里布等島嶼，這些都是墨西哥所提供的幻想，也是「點」。然而當我們想藉這些點與點之間，沿著線尋訪時，卻無論如何都會碰到現實。而且發現這些幻想與現實的差距，在這個國家竟然相當——有時甚至是致命性的——大。

當然我也在追尋著我的幻想而旅行。我想大概沒有人是不懷幻想在旅行的吧。不過我所追尋的那種幻想，在阿卡波可則沒有得到。總而言之，只是這麼一回事而已。

在阿卡波可我見識了前面所提到的「死亡跳海」。雖然並沒有刻意打算要看，只是我碰巧住在拉・凱布拉達山丘上的飯店（因爲沿著海岸邊的飯店太貴，所以我在炎熱中登上漫長的斜坡，好不容易才找到價格適當的飯店），傍晚我在面臨海的附近公園裡一面喝啤酒一面乘涼時，正好眼前他們開始跳海。所以可以說很偶然地我變成從最佳座位觀賞到跳海的一幕。其實我在很久以前曾經在艾維斯・普里斯萊的電影中看過這跳海。電影名叫《Fun in Acapulco》。日本譯成《阿卡波可之海》。在這部電影裡，出現過這樣的一幕。電影是在我還是中學生的時候放映的，在裡面艾維斯唱了〈Bossa Nova Baby〉。不過歌名雖然叫做〈Bossa Nova Baby〉，曲子的旋律卻完全不是Bossa Nova。那是好像把森巴和馬力阿奇(mariachi，譯註：墨西哥最普遍的野外舞蹈音樂)混在一起胡搞似的東西。電影本身——雖然我已經完全記不得情節了——也完全是很輕鬆的東西。不過那姑且不管，總之我在那部電影中第一次看到死亡跳海。

而且老實說，在拉・凱布拉達山丘上（碰巧順其自然地）看到的那場「死亡跳海」，幾乎沒有包含任何除了我從艾維斯・普里斯萊的電影中所看到並明白理解以外的任何東西。那跟電影的那一幕完全沒有改變。我只是想道「原來如此，跟電影一樣嘛」而已。換句話說，我在將近三十年前在神戶電影院的銀幕上所看到的東西，來到墨西哥重新在現實中印證了，如此而已。雖然覺得順序好像相反，但其實就是這樣。其中既沒有感動，也沒有特別驚訝。既沒有想道「原來如此，眞實的確實比較有魄力」，也沒有覺得「怎麼，這還不如電影比較驚險刺激」。只覺得「果然跟電影一樣」而已。這樣一想時，甚至現在我在這裡的這回事（一面吹著黃昏的風，一面喝著 dos X（譯註：即英文 double X），一面觀賞「死亡跳海」）本身既像是現實，又像不是現實似的。我一直覺得即使艾維斯・普里斯萊突然出現，開始唱起「Bo-ooo-ssa No-oooo-va」……，也不奇怪。怎麼說呢，那是確實可以仔細找得到的那種幻想。我並不是說那活動只不過是平凡的觀光地觀賞節目。當然其中含有無法預料的危險。而且跳海者被要求必須擁有過人的肉體力量、超人的勇氣和冷靜沉著的計算。不過我在心底這樣想。〈不可能失敗，電影裡也順利過關啊〉。而且聚集在這裡的人，我想多半或多或少也這樣覺得吧。

只有一點和電影不同，或在電影上是不知道的。那就是在一次的表演中，從懸崖上跳下去的跳海者人數不是一個人而是三個人。從不同的地點，三個跳海者隔一段時間順序從遙遠的眼前跳下海去。我想大概只有一個人的話時間太短怕冷場吧。因爲跳海動作本身只一瞬間就結束了。於是在確認過三個人全部跳完之後，我們便一個個陸陸續續地離開公園了。這陸陸續續的感覺非常像看完「有趣確實有趣，不過情節和結尾大概可以預料得到」的那種電影（例如『007』系列或『洛基』）走出電影院的觀眾那樣。

不過在我們離開那公園的時分，剛才帶頭跳的兩個跳海人已經從海裡上來了，身上還一面滴著水滴，就在出口旁邊跟大家打招呼，和遊客一起拍紀念照。他們微笑著，非常親切有禮。富有服務精神。跳海人近在眼前，我最感到驚訝，或最感到意外的是，他們就是到處可見的普普通通的墨西哥青年這個事實。

身上只穿著一件游泳褲，暴露在照明燈下，在聖母瑪麗亞的祭壇前祈禱，或站在懸崖邊筆直地挺起身體，努力集中精神注視著空中的他們那姿勢，我們剛才還從對面的公園凝神注視著。從遠遠看來，他們和我們好像是完全不同的存在似的。看起來他們像是經過嚴格訓練所鍛鍊出來的英雄，像是和我們屬於不同世界的人似的。他們全身散發著某種虔誠。他們甚至令人想起古代墨西哥阿茲臺克王國以人身對神犧牲奉獻之前的勇敢士兵的姿態。確實這或許是以觀光客為對象的展示物之一。不過就算是這樣，站在懸崖上，集中精神準備跳下，正在調整呼吸的跳海者的姿勢中，仍然可以看到難以否認的類似光輝般的東西。他們淺黑色的皮膚在聚光燈的燈光下閃閃發亮，肌肉收緊得像鋼鐵一般堅硬，背挺得直直的，看起來高高在上。

但是像這樣在這裡和觀光客一起拍照的他們，卻已經失去那樣的光輝了。實際上的他們身高跟我差不多，容貌也和旁邊賣冰淇淋的小哥不相上下。結果，他們只是在觀光產業中忠實地扮演被賦予的一個角色的極普通的年輕人而已。一天表演個三、四場，從懸崖上朝著海面跳下，相對地領取應得的報酬，只不過是這樣的觀光產業相關從業勞動者而已。

不過實際靠近看跳海者的身姿時，我並不因此而感到失望。只是當時忽然想道「這方面電影上倒沒有演出來」而已。

這方面電影上確實不會演出來。因為所謂電影這東西，與其忠於現實的一貫性，不如追求幻想的一貫性。不過事後回想阿卡波可跳海這件事時，我可能反而會想起那不太好看的現實上的跳海者的臉吧。那一直露著反高潮式(anticlimax)後的無依微笑，全身還濕溚溚的和觀光客一起拍紀念照（一面領取些許小費），身為肉體勞動者的「死亡跳海者」。

雖然是預料中的事，在墨西哥我還是得了幾次食物中毒。

我一說要去墨西哥旅行，大家都忠告我要注意飲水和食物中毒。「不管怎麼樣都不能喝生水」全體異口同聲地說。「連刷牙的時候，也一定要用礦泉水刷噢。洗牙刷也要用礦泉水洗」。剛開始時我還勤快地遵照這話實行，但途中終於開始嫌麻煩了，刷牙就用自來水刷。管他的，如果因此會弄壞肚子就讓他壞吧。這樣想開了，幸虧我沒什麼事。當然飲水還是喝礦泉水。

不過對食物中毒還是投降了。就算只吃極普通的一般食物，終究什麼時候還是會食物中毒的。這說起來有點像俄羅斯輪盤。並不是你小心就能躲得過的。不管多小心，會中毒的時候就是會中毒，不管多隨便亂吃，不會中毒的時候就是不會中毒。有一次，我在海邊的一家「海之風」式的海鮮餐廳吃完炸蝦之後（雖然相當美味），就來了。另外一次是在一家沒落旅館的餐廳吃過晚餐之後（這次很難吃）又來了。後來我回想看看，這次好像是綜合通心粉沙拉有問題的樣子。像這種食物中毒可能純粹是衛生管理上的問題。因此只要住在觀光地的一流觀光飯店，到一流餐廳用餐的話，我想大概不會發生食物中毒。可是一旦離開這種觀光地一步之後，接下來就只能把命運交給上天了。

一旦食物中毒，嘔吐和腹瀉就來了。同時來。如果你要問我嘔吐和腹瀉哪一種比較痛苦我也很傷腦筋。不久之後甚至就分不出嘔吐和腹瀉的差別了，兩者都很難過。這大體會持續六小時左右。在那之間，幾乎躺著無法起來。雖然吃過類似抗生素之類的藥，但不太有效。只是吐、只是拉、只能躺著而已。最後連吐、連拉、連躺著都覺得快受不了了。甚至想到會不會就這樣昏迷過去死掉呢。想到「完了完了，居然在這樣無聊的墨西哥飯店的，無聊的床上，爲了吃一個炸蝦，或通心粉沙拉而死實在不甘心」。這麼說來在錢德勒(Raymond Chandler)的《漫長的告別》中，特利·雷諾克斯就是在一家沒落的墨西哥小城的沒落的旅館的一個房間裡死掉的——人家認爲他是這樣子死的。不過他的死有朋友爲他哀悼。有朋友爲他而喝gimlet。我的情況則沒有那麼好。如果我死了，大家一定會在背後這樣說吧。「村上春樹爲什麼非要特地跑到墨西哥去不可呢？你看，你不覺得他就是跟墨西哥不太搭調嗎？難道他有什麼非去墨西哥不可的特別理由嗎？實在眞搞不懂。不過，就算有，爲了吃個通心粉沙拉，搞得一面拉肚子一面死掉，也眞是死得太難看了。何況據說還一面拉肚子一面吐對嗎？人，要是那樣子死法一切就完了。死法說起來還滿重要的噢。」

不過不管多痛苦，只要過一段時間，身體總是會恢復，恢復之後又繼續旅行，在這樣不知不覺之間又不知道吃了什麼要不得的東西，又再食物中毒。我想或許在這樣旅行幾個月之後，身體會逐漸強壯起來，不再動不動就食物中毒也不一定。但遺憾的是我沒有那麼多時間，因此在形成適合墨西哥的抗體之前，我已經回到國境的北邊了。

十天之間，我一面忍耐著毫不講理的食物中毒、沒完沒了的墨西哥歌謠曲、捧著手槍一本正經的人、冷氣故障的巴士、怎麼踢（我眞的認眞踢了）也不吭聲的毫無感覺的像大象一樣厚臉皮插隊的婦人，一面一個人獨自試著在墨西哥旅行時，再度深深感覺到，所謂旅行根本上實在是一件很累人的事情。這是我做過很多次旅行之後所體會到的絕對眞理。旅行既是一件很累的事，而不累的旅行也就不算旅行了。繼續不斷的**anticlimax**、和預料的不符、和期望相違背的種種。淋浴的水不熱（甚至溫都不算）、會咿呀作響的床、或絕對不出聲卻如死後僵硬的床、不知道從哪裡紛紛飛出來的飢餓的蚊子、水不流的廁所、水流不停的廁所、不愉快的女服務生。與日俱增所累積的疲勞感越來越重。而且身邊的東西也陸續紛紛遺失。這就是旅行。

身邊紛紛遺失的東西……。

說眞的，在這次旅行之間，我眞的眞的掉了很多東西。每次從一個地方移動到另一個地方時，很多東西就那麼——消失無蹤。我退旅館房間時，都會確實檢查有什麼東西遺忘了沒有。拉開抽屜（假如有這東西時）、看看浴室、床上，一一檢查所有的地方。因爲是狹小的房間，不可能看漏的。然後在確認過沒有遺忘的東西之後，才退房間。雖然如此，東西還是逐漸繼續遺失。到了下一個旅館打開包包時，想找什麼，可是卻找不到那東西。那東西就是……不見了。

梳子、小錄音機（這是旅行記錄用的，因此很傷腦筋）、刮鬍膏、牛仔褲、皮帶（這也傷腦筋）、眼鏡（這也非常傷腦筋）、眼鏡盒、旅行支票六百美金（幸虧第二天美國運通辦公室就發新的給我了）、袖珍計算機、手冊、地圖、零錢包、防曬油、三支原子筆、軍用刀……這些東西簡直就像已經壽命終了升天而去一般，一件又一件地銷聲匿跡而去。是什麼時候、如何不見的，我完全沒有記憶。忽然間，一留意時，這些東西已經消失得無影無蹤。如果那時候有一點類似被人偷了，或遺忘在什麼地方的自覺的話，還說得過去。完了完了眞傷腦筋，以後要多注意，會這樣想。但除了幾次例外之外，連這種自覺都幾乎沒有。那些東西就是這麼單純地，像是遵循某種法則似地，只是繼續消失而已。而且有一天，我終於放棄了。放棄一切的努力。

算了，管他的。不管做什麼也好，不做什麼也好，反正東西還是會逐漸消失而去的。

這是一種頓悟。（這裡是墨西哥。這是意味著人在墨西哥的意思。我把這樣連續紛紛遺失東西，當做所謂自然的攝理和宿命來接受，我必須默默背負著這沉重的包袱繼續走下去才行〉。

就這樣，我接受了不斷紛紛遺失東西是自然的攝理是宿命，接受了聽都聽煩了的墨西哥歌謠曲，接受了八月午後無止境的炎熱，接受了俄羅斯輪盤式的嘔吐和腹瀉。這些令我疲累不堪，令我感到十分厭煩。不過仔細想想——不久我忽然想到——正是使我產生如此諦觀的過程，正是已經到達我能把使我這個人感到疲憊的各種事物當作自然的東西來默默承受下去的階段，才是對我來說的旅行本質吧。

我不得不承認這種想法相當極端。因爲所謂疲憊這東西，並不一定非要千里迢迢地跑到墨西哥來，在任何地方也都可以得到。在東京、在紐澤西也同樣輕而易舉可以得到。但是你爲什麼非要特地跑到墨西哥來找這樣的東西不可呢？

不過對這個問題，我倒可以用比較明確的語言來回答。爲什麼我非要特地跑到墨西哥來找疲憊不可呢？「說到爲什麼？」我大概會這樣回答「因爲那是只有墨西哥才有的那種疲憊。如果不來到這裡，就無法得到來到這裡才能呼吸到的這裡的空氣，無法得到腳不踏上這裡的土地就無法得到的那種疲憊。而且那樣的疲憊每增加累積一次，我就覺得我又稍微接近墨西哥這個國家一點了」。雖然我也覺得很奇怪，但每掉一次東西時，或每拉一次肚子時，每趕不上一班巴士時，每被一個婦人插隊時，我就覺得墨西哥這個國家好像又更加一級地深入我心中去了似的。不是開玩笑。德國有德國的疲憊、印度有印度的疲憊、紐澤西有紐澤西的疲憊。不過墨西哥的疲憊，是只有在墨西哥才能得到的那種疲憊。

藉著一種疲憊可以使另一種疲憊相對化，藉著一種疲憊可以使另一種疲憊在辯證法上得以超越。這是我在一面用隨身聽聽著瑞奇．尼爾生的歌，一面模糊地想到的事。

這簡直像是毛澤東說的話嘛，我忽然想到。說是〈疲勞必須以疲勞來克服。疲勞無法用除了疲勞以外的東西來克服〉。

從陪特．艾斯康迪多到歐阿哈卡的巴士中（穿越幾座山的這七小時的路程，以相當好意來表現可以說是接近拷問），我遇到一位二十歲左右曬得很黑的日本青年。因為他是我來到墨西哥之後遇到的第一個日本人，因此我就跟他聊了起來。他是學生，據說是為了研究語言學而住在歐阿哈卡，但因為想去海邊，所以到陪特．艾斯康迪多的海灘去游了一星期泳。「你不可以在這巴士上睡著噢」他忠告我。「因為高度變化非常大，如果睡著的話，耳朵會壞掉噢」。他是個相當窮的旅行者。付完回程的巴士車錢之後，身上帶的錢就只剩下一百圓左右了……他說。所以到歐阿哈卡的街上時，我就請他到餐廳吃飯。不，老實說，其實已經兩天左右沒有好好吃飯了，他一面吃得津津有味一面剖白。這麼說來，看著這位年輕人的樣子，我被自己以前也是這樣的類似感慨所打動。雖然已經是二十年前的事了，但我也同樣做過類似的旅行。口袋裡只剩幾百圓，有兩天左右沒吃什麼像樣的東西，曾經被路上遇見的什麼人請吃過飯。但現在，卻輪到我請什麼人吃飯了。

結果，揹著沉重的背包，怎麼穿得髒兮兮的，怎麼到處繞得辛苦尋找便宜一百圓的旅館的貧窮旅行，不管多熱，累積多少疲憊，如何被食物中毒所苦，我大概都不會再像這個青年一樣切實地飢餓了吧。而且只要這次旅行結束後，我就有我可以確實回去的地方。那裡有為我存在的場所、有我該扮演的角色。但是以前卻沒有。出去旅行而感到去向迷惑時，可能就會一直繼續迷惑不知該到哪裡去也不一定。有某種逼不得已無可奈何的心境。不過雖然如此，我當時眞的經常旅行。早晨醒來，如果想去什麼地方時，就會那樣出門而去，做長途旅行。我想也許我很切實地在追求那種「可能迷失去向」的旅行，對我所提供的類似幻想般的東西吧。我想我確實迫切需要那樣的東西。

或許我，現在像這樣在墨西哥旅行著的我，只是再一次在確實而仔細地描繪出過去十五年或二十年前，自己曾經懷有過的那種幻想而已。正如拉・凱布拉達的跳海者，為了描繪出造訪阿卡波可的數十萬人的幻想，而日復一日每天三次或四次，從那懸崖上繼續做危險的跳海動作一樣。

這樣想，要說悲哀也不是不能。因爲年紀越大，越能明確認識那樣的幻想的幻想性的話，相對於我們能夠提出東西的量來說——會變成我們所能得到東西的量卻越來越減少。而且我們對我們所抱持的許多疲憊，只能得到相對比較少量的幻想。就和長期服用的藥，隨著時間越久效力也越來越減弱的現象很類似。不過在這裡，比起以前雖然可以說變得少多了，但確實也還有過去所從來沒見過的新種類的幻想。睜開眼睛仔細看，豎起耳朵仔細聽的話，這些幻想，現在依然確實在向我傾訴著。而且那有些情況是，年輕時候的自己可能看不見，或即使看見了，也應該會就那樣輕易忽視的東西。對，正如瑞奇・尼爾生也唱過的那樣，〈如果除了回憶就沒什麼可唱的話，我寧可去當卡車司機〉。

「嘿，我記得好像在哪裡見過你的臉。」臨別時那位青年好像怎麼也想不起來似的表情說。「我從在巴士上第一眼看到你時就一直在想。這個人到底是誰？在哪裡見過？但怎麼都想不起來。已經快想出來了，卻還想不起來。你以前有沒有在哪裡見過我？」

「有嗎？」我說。「我也想不起來。或許在什麼地方見過也不一定。」

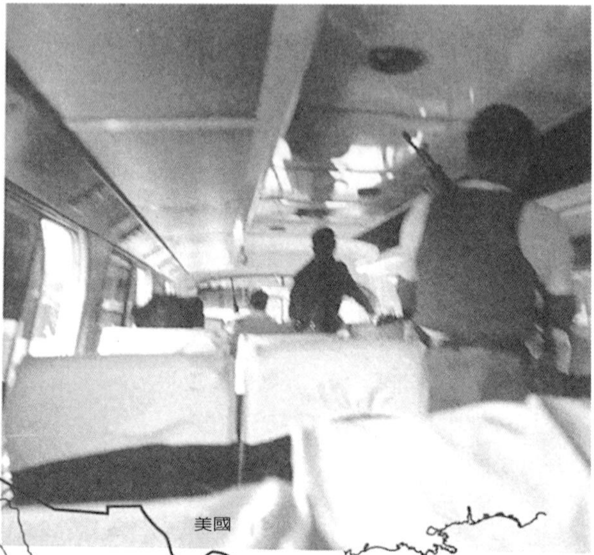

闖進巴士裡來的武裝警察。
穿著防彈背心。
我悄悄按下快門。
（攝影＝筆者）

作著相同夢的人們

旅行的後半，我們改開攝影師松村映三君從紐澤西千里迢迢地開到歐阿哈卡來的三菱的Pajero繼續旅行。一天之中雖然有相當長的時間在開車，但比起巴士的移動來則簡直輕鬆幾十倍。「只是」幾個當地人一臉正經地忠告我們。「天一黑就絕對不能再開車噢。記住，在天黑之前，無論如何一定要找地方住。」

這簡直就像在吸血鬼囂張跋扈的特蘭希爾巴尼亞(Transilvania，譯註：羅馬尼亞山區傳說吸血鬼出沒的地方)旅行一樣，每遇到人就異口同聲地這樣說。爲什麼天黑後不能開車呢？因爲在人煙稀少的地方一到夜裡治安相當惡劣的關係。雖然吸血鬼不會出來。但強盜會出來。半斤八兩。

「很多人都失蹤了噢。車子被強行攔下來，把錢和東西搶走，再殺人滅口，埋到什麼地方去。連屍體都找不到。不久前就有一家連小孩全家都被殺掉。這很稀奇是因爲屍體被發現才知道的。半夜裡他們在馬路正中央橫放粗重的大木頭，埋伏等候。等開過來的車子停下來時，就哇一聲蜂擁而上襲擊過來。總之天一黑就不能開車。」

這方面的犯罪，雖然照例像「這是從某人聽來的眞人實事」之類屬於都市傳說性質的比較多，但因爲我曾經在搭巴士旅行時，目睹武裝警察隊拚命出動的樣子，和卡車載貨台上堆積著像屍體一樣的東西，因此有「在這個國家發生什麼事都不奇怪」的實際感受。而且在陌生的土地旅行時，聽當地人的忠告，是旅行者的鐵則。所以我們決定〈總之天黑了就不開車〉。雖然開車總共移動了三星期左右，確實在白天開車時，從來沒有一次遇到麻煩。頂多只有在歐阿哈卡街上，夜裡紐澤西州的車牌被偷而已。雖然有幾個美國人滿臉認眞地忠告我們說「如果要開車去墨西哥的話，絕對要帶手槍或來福槍比較好。」但當然沒帶。就算帶著平常沒帶慣的手槍，也只有徒然增加麻煩而已。

我們在墨西哥時，比起犯罪還有現實上更令人傷腦筋的，那就是凸坏（TOPE）。所謂凸坏，是每快到人家附近的地方爲了讓車子減速而在道路上做的隆起物，以英語來說的話就是BUMP。總而言之全國到處都有這個。如果在那裡不確實減速的話，就會經驗到吭咚一聲不愉快的震動。可是本來道路就很亂來的，什麼地方是凸坏什麼地方不是凸坏，看了也搞不清楚的地方很多。心想大概是凸坏而減速時其實卻不是凸坏，以爲不是凸坏而繼續開過去時卻是凸坏。在凸坏前面會豎立有看板寫著「前方有凸坏」，但其中也有沒有凸坏標誌的凸坏（或者也有沒有凸坏卻有凸坏標誌的地方），非常混亂。因爲一天要越過這種凸坏兩、三百處之多，所以一看到就覺得好煩。

心想這種麻煩東西不做也罷，在村子入口處豎立一塊〈減速慢行〉的標誌不就好了嗎？不過在墨西哥，也許人們即使只看到標誌大概也不會減速吧（看看周圍開車的人，確實這些傢伙只看到標誌才不會減速的印象很強烈）。因爲我問阿佛瑞德・奔包時，他說「嗯，那個啊，不只是墨西哥而已，其他中南美洲很多國家也一樣」，所以這或許是中南美洲各國所不可或缺的必需品吧。

凸坏雖然是隆起的人爲障礙物，相反的也有凹陷下去的非人爲障礙物——換句話說也就是坑坑洞洞。這在整條馬路上，就像乳酪的洞一樣到處頻頻洞開。雖然在幹線的一級道路上不太有這種情形，但自從離開墨西哥市，道路等級逐漸下降之後，道路的狀況也逐漸變得悽慘起來。看來這大概是被載運沉重貨物的大型卡車震動所壓出來的樣子。擦身而過的大卡車上確實是載了令人難以相信堆得滿滿的貨物（墨西哥的物資幾乎都靠卡車運輸），用來鋪路的柏油難道鋪設得不能承受那樣的重量嗎？我想如果是的話，那還不如一開始就不要鋪柏油，乾脆保持未鋪裝的狀態不是比較好嗎？當然不管我怎麼想，事態還是不會改變。

我所開過的路以從貝拉庫爾斯往可爾多巴的山中道路爲最糟糕。無論是洞的數量也好，深度也好，都不是普通的糟。這種情形像電影《恐怖的報酬》一樣，車子只好小心謹愼地迂迴繞過洞穴前進，但因爲洞實在太多了，不管多注意，有時還是會不得不陷進洞裡去。這衝擊的不愉快也不比凸坏的震動差。車子也會受傷。因爲我們是開四輪驅動車來的，所以還算是好的。如果開PORSCHE或法拉利來的話，我想一定立刻就變得卡噠卡噠了吧。不可能開那種車來的，所以那種事就別管他了。

總而言之，我們在始終被這些無限連續的凸坏和凹洞所煩惱之下，依然繼續在墨西哥移動著。或許我們沒有在夜間開車，不是因爲害怕武裝強盜，而是因爲徹底煩死了這些凹洞和凸坏的關係吧。連白天都很難看清楚路面狀況，何況天黑後那簡直更惡劣。

儘管有那種虐待狂式的（sadistic）路面狀況，又有那種難以稱得上富有守法精神的人們存在，不過能夠依照自己的意志在高興的時候到喜歡的地方去，實在已經是一件非常可喜的事了。在有限的時間內，如果想在墨西哥旅行的話——尤其是內陸部分，有車子可以說幾乎是絕對條件。因爲墨西哥內陸的有趣點，再怎麼說都要踏進人們很少造訪的小村小鎭才能體會到，而且到那種地方搭巴士去並不簡單。能找到巴士好不容易可以到某個村子，但去得了固然很好，想要回來卻可能必須等兩天後才有車班，這種情況並不稀奇。那兩天才有一班的巴士，如果遇到雨嘩啦嘩啦下個不停的話（眞的常常下雨），巴士可能也會不來。對於有太多空閒時間的人，那或許也是很愉快的經驗，不過除了這種人之外對大部分旅客來說，就不太能算是很實際的旅行方式了。

在歐阿哈卡悠哉地休息四、五天，讓巴士旅行時的疲勞解除之後，我們經過太平洋岸的美麗海港陪特・安黑爾(Puerto Angel)，往奇阿帕斯州的聖・克里斯多巴魯・得・拉斯・卡沙斯(San Cristobal de las Casas)這名字相當長的地方去。一離開太平洋岸邊之後，轉眼之間就進入山裡了。看地圖就很清楚，從哈李斯可州(JALISCO)到歐阿哈卡、奇阿帕斯州幾乎沒有所謂的沿海平原，海岸線和山地緊緊密接地連續著。險峻的洗耶拉・馬德雷山脈(SIERRA MADRE)在這一帶突出到接近太平洋波濤起伏的岸邊。所以剛才還在很熱的海邊游著泳，忽然一留神時現在已經身在涼颼颼的山中了。總之一進入山區轉眼之間氣溫就降下來了。風景也完全大不相同。植物的種類變了，田裡的作物也不同。人們的生活樣式都呈現完全相異的樣相。連看到的人長相都改變了。隨著越深入山區，就逐漸看到越多身上穿著獨特衣服的印地安人的模樣。雲低低地流動著，靜靜地濡濕山的表面肌理。明顯地感覺到好像進入和目前爲止完全不同的國度了似的。

奇阿帕斯是以本來就是原住民族的印地安人，到現在還保持著強大社區而聞名的州。他們討厭和美斯提廋（mestizo，混血的西班牙系住民）混合，而頑強地固守自己傳統的生活。這塊土地歷經漫長時間一直成爲他們和西班牙人，以及後來和美斯提廋人之間浴血抗爭的舞臺。而且即使到現在，這裡仍然還留著含有那種緊張感的空氣。

當西班牙的康其斯塔多爾conquistador（侵略者）來到這塊土地上，是一五二三年的事。他轉眼之間就以武力征服了原住民＝印地安人，把那土地沒收，分給士兵當作犒賞。而且爲了耕作這些土地，還奴隸印地安人名副其實殘酷地使役他們。印地安人從他們原來居住的村子移居到狹窄的山間塞滋爾門，在那裡他們在士兵嚴厲的監視下，被迫改信基督教，並被課以沉重的稅金。

原住民的印地安人是如何被迫居住在惡劣的環境下被殘酷奴役的，從他們的人口激烈減少的情形便可以推測出來。西班牙人征服這塊土地時，住在奇阿帕斯的印地安人數約三十五萬人，到了一六〇〇年人口數竟然減到九萬五千人。西班牙人從舊大陸帶進來的傳染病，雖然也是這些原住民人口減少的一大原因，但就算這樣，減少的情況也未免太可怕了。從這裡也可以推測出印地安人是如何被當作「消耗品」來看待的。

站在印地安人這邊挺身出來爲他們伸張正義的，有以巴特洛梅．得．拉斯．卡沙斯爲中心的基督教傳教士們。他們保護印地安人，向西班牙本國投訴他們所處境況的窮困，一直持續奮鬥到實現廢除奴隸制度爲止。這是一五五〇年的事。而聖．克里斯多巴魯．得．拉斯．卡沙斯（因爲名字太長因此多半被簡稱爲拉斯．卡沙斯）就是因他的名字而命名的。

雖然奴隸制度已經廢除了，但印地安人所處的實質上的隸屬狀態仍然沒有太大的改變，因此他們便會定期性地發動抗爭。一七一二年塞爾塔爾族的一位少女作了一個夢。夢中瑪麗亞出現，告訴他們如果拿起武器站起來對抗西班牙人的話，印地安人就能得救。於是他們手拿武器站了起來，但卻被強烈鎮壓。一八六九年在鄒吉爾族的村子裡出現了三個奇蹟性的石頭叫做「皮耶德拉斯．阿布蘭德斯（會說話的石頭）」，受到當地人的深厚信仰。終於那些石頭——那是黑曜石，看起來真的好像在說話一樣——告訴大家說反抗啊，取回自己的土地呀，結果引起大規模的反抗。但這次也被軍方鎮壓下來，在那過程中很多印地安人被殺戮。

即使到現在，這樣的緊張狀態也絕沒有消除。奇阿帕斯州的土地有接近一半是屬於只佔人口百分之一的美斯提廋地主階級所有。他們掌握了經濟、政治和警察，有些甚至擁有私人士兵。印地安活動家的土地歸還運動，被他們強大的力量所壓制。國際人權救援機構（Amnesty International）曾經發表：過去已有大約二十個鄒吉爾族活動家在他們手中被暗殺。

我之所以會寫這麼長關於這州的歷史，是因爲如果不知道這段歷史，那麼在這塊土地上旅行，幾乎不可能理解這裡所有的事物爲什麼會這樣。奇阿帕斯是被歷史所踐踏，被強權所侵略的土地。那裡是貧瘠的土地，充滿了矛盾和哀傷的土地。只要踏進這裡一步，旅行者就可以清楚地看出來。那貧困或許不能說是壓倒性的程度，但卻相當嚴重。據說奇阿帕斯的人口還有一半以上現在仍然過著沒有電的生活。並不是奇阿帕斯沒有發電廠。河流也確實建有大水庫。但那發電廠所製造出來的電力卻多半送到外州去，而不太送到奇阿帕斯人住的地方來。其實種族間根深柢固的對立、貧富壓倒性的差距，墨西哥所擁有的這兩大問題，以最顯著的形式出現的，如果說就是在這塊土地上，應該也不爲過。

不過超越這種深刻問題之外，這塊土地好像有什麼打動人心的東西似的。在那裡悲哀中有美麗，熱烈中有寧靜，貧窮中有某種心意。這樣子寫成文章，雖然表現有點奇怪，不過我想如果你實際到那裡呼吸那裡的空氣看看，也許就會同意我所寫的。這次旅行雖然繞了墨西哥許多地方，但沒有一個地方比這奇阿帕斯給我更強烈印象的。而且結果，我們決定在這塊土地上停留比預定延長久一些。

聖・克里斯多巴魯・得・拉斯・卡沙斯是一個安靜而美麗的城市。因為標高達二千公尺以上，所以夏天也很涼快，必須穿外套。在那樣有適當濕度的空氣中，漆成美麗色彩的街坊無限延伸，殖民地時代的華麗依然如故地保留下來。任何地方拍成照片都好像可以印成明信片的那種氣氛。說到墨西哥的城市多半滿牆壁變成華麗的廣告板，但這個城市則沒有這種現象。大概是有什麼限制規定吧。

雖然歐阿哈卡也是個很美的地方，畢竟現實上現在仍是州政府所在地的州都，因此車子多，人多、空氣也不好，實在沒辦法氣定心閒地慢慢散步。安靜而感覺不錯的，只有在上下車有限制規定的索卡羅（中央廣場）的一角。可是這拉斯・卡沙斯則從很久以前就不再是州都了，放棄現世的角色，只以歷史性的城市繼續安靜保持隱居性到現在，因此正如日本飛驒的高山地帶般的感覺，很多東西都還保留著古時候的樣子。稱為古都的表現法非常相稱。順便一提奇阿帕斯州現在的州都是叫做多斯特拉・葛提耶雷斯(Tuxtla Gutierrez)的大都市。我們由於日程的關係沒辦法而在那裡住下，如果可能的話眞希望早一刻逃離的那種地方。不知道該說是熱鬧或什麼，總之人好多，又髒又吵。好像這種雜亂的現實因素全都徹底集中到那裡去，其他的則只留在安靜而美麗的拉斯・卡沙斯城了。我想京都如果能在某個階段把政治、經濟機能移到別的地方去的話就好了，不過現在說這種話也沒有用。

不管怎麼說總之拉斯・卡沙斯是墨西哥少數令人覺得如果在這裡安定住下來也不錯的城市之一。以我個人的印象來說，墨西哥的城市大體上可以分成兩種。一種是「吵鬧的城市」一種是「沒落的城市」。很少有兩者之間的地方。但聖・克里斯多巴魯・得・拉斯・卡沙斯則是既不吵鬧也不沒落的稀奇城市。人口約五萬人，住起來正好的大小。散步不會覺得膩，也有感覺很好的餐廳和咖啡館。我覺得如果在這裡住一個月的話，或許可以愉快地寫小說。

到這裡來的人首先會注意到的，大概是印地安人很多吧。當然以人數來說歐阿哈卡城裡也很多，不過在這裡的印地安人，和在歐阿哈卡城裡看到的穿普通衣服的「現代化」印地安人不同，他們都還穿著和從前一樣的民族服裝，現在都還原樣保留著被西班牙人征服以前的風俗習慣。服裝色彩因部族的不同而各有特色。那些顏色都非常鮮豔，但因爲都是用自然素材的布料，用從前的自然染料染成的，因此從遠遠看來就很有味道，讓人覺得很舒服。身上穿著那種粉紅色、黑色、藍色、朱紅，各色衣服的印地安人，靜靜地不發出腳步聲地——因爲他們多半打赤腳——走過同樣也漆成美麗色彩的街坊。眞的是好美的光景。我覺得本來就應該是這樣的東西還好好的就在那裡。尤其清晨和黃昏時的風景，有某種撫慰看者心靈的東西。

這些印地安人很多並不住在城裡。他們都住在散佈於拉斯・卡沙斯近郊的各個共同體・部落裡，清晨搭巴士，或步行來到城裡。也經常可以看到卡車貨臺上載著二十個左右的印地安人朝夕迎送的光景。不知道是誰組織這種卡車的。不過總之他們每天早晨「通車」到拉斯・卡沙斯來上班。住在拉斯・卡沙斯的印地安人多半是由於某種理由——大體上是因為宗教上的對立——被共同體放逐的人。印地安人都為了販賣一些東西而集中到這城裡來。女人和小孩們背上揹著自己所做的手工藝品、衣服來賣。男人們則帶著青菜、水果、和其他各種工藝品來賣。於是城裡許多地方便形成了市集。這種情形感覺上或許也有點像飛驒高山。

賣東西的大多是女人和小孩。在廣場或教會前的市場擁有自己固定攤位的人，就在那裡停下來把東西排出來，做生意到傍晚。至於沒有自己攤位的印地安女人和小孩們，則一整天繞著街上走，看到觀光客時就走上前去說「買這個、買這個」。一般說來，她們開的價比店裡賣的價錢多少便宜一些。但不管在哪裡買，殺價都很花時間。然後到了傍晚，他們就把東西收起來，又回自己家去了。

黃昏時分，經常可以看見結束一天生意的印地安人，一直安靜坐在電器行前面的模樣。他們入神地盯著櫥窗裡正在播放著的彩色電視畫面，在那之間他們完全不開口說話。既不發表意見，也不笑。身體動都不動一下。看起來他們似乎全都被那畫面上映出來的東西迷住了，好像連魂都飛了似的。眞是奇怪，簡直可以說是魔術性的光景。

確實在昭和三十年代日本也曾經有過所謂的街頭電視，人們聚集在那裡，張開嘴巴盯著電視畫面看得入迷。那個時代在街頭看電視看得入迷的日本人所感覺到的，大概是對新奇東西的好奇心，和憧憬。其中含有對新技術正在改變時代、改變生活的微熱興奮。人們在廣場上，或多或少，共有著這樣的感情。但是我在這拉斯·卡沙斯的電器行前所看到的那些印地安人的表情中，卻絲毫沒有那種東西。印地安人簡直像在作夢一樣，安安靜靜地看著電視。當然因爲他們很窮所以實在買不起什麼電視機，所以才會站在那裡看（不如說坐著看），不過在那裡我並沒有感覺到貧窮的影子，也沒有因貧窮所延伸產生的悽慘或屈辱或改變態度之類的。他們簡直像就那樣坐在那裡，開始作起自己私人的夢一樣。就像進入暫時性的催眠狀態一樣。

我們從聖·克里斯多巴魯·得·拉斯·卡沙斯城第一個造訪的近郊印地安村子叫做西納堪坦。進入狹小而高低不平的山路，好不容易才到達村子。「這裡也還是要開Pajero才來得了啊」我們才這樣說著，事實卻不然。原來我們走的是舊道，而相反一側其實有鋪得很好的像樣道路。也因爲這個村子離拉斯・卡沙斯只有十一公里，道路和學校的設備看起來也相當充實。在空曠的村子正中央建有閃閃發亮的小學校舍，印象有點不可思議。

在征服者西班牙人來到這裡以前，住在西納堪坦的居民們在後期馬雅文明的傘下以交易爲主要工作。他們從瓜地馬拉到北邊的阿茲臺克帝國爲止的廣大地區裡建立起交易網，從事各種必需品、貴重品的運輸和買賣。西納堪坦的名聲當時廣泛地傳播全國，據說只要一聽到這名字，人們就會說「哦，是西納堪坦人哪！」而另眼看待。今天從這山谷間的小村子，完全看不出有那種昔日繁榮的影子。只是一個印地安的寒村而已。由於西班牙人的出現，社會狀況起了巨大的改變，在那變更過程中，西納堪坦的土地和住在那裡的人民已經失去那名聲，完全被埋進歷史中去了。不過仔細想來，所謂埋沒他們的歷史，也不過是幾種並列存在的歷史性假設中的一種而已，因此除了把他們遺忘的官方正式歷史（我們在學校所學，當作知識獲得的一般性歷史）以外，應該還有別種透過他們的眼睛連綿繼續傳下來的「另一種歷史」同時存在那裡。這「另一種歷史」在眼睛看不清楚的地方，在沒有明確具體形狀的事物之中，可能現在依然靜悄悄地，但堅強地鼓動著——坐在西納堪坦村子的廣場上恍惚地望著週遭的風景，側耳傾聽著慶典的煙火聲時，我忽然被這種想法所敲擊。

就算是昔日的現世性榮光已經喪失，或者祖先的土地也被西班牙人沒收搶奪，長年以來淪落到隸屬地位，自古以來的宗教被強制剝奪——不，或許應該說正因爲如此——住在這裡的人，看來似乎到現在都沒有失去過去自己的族人賴以爲精神磁場的豐富土著性想像力。那或許是眼睛看不見的，沒有具體形象的東西，因此才能超越一切壓迫而繼續存留下來。而且擁有那樣強烈的共同意識，拒絕和外部混合，雖然被西班牙征服已經過將近五百年時間了，然而卻還能明確保存部族自己的特色。我覺得這或許就是他們的「另一種歷史」吧。在這塊土地上，時間這東西似乎已經超越我們的想像，慢慢地像飄浮一般地流著。

勞勃．洛林所寫的《蝙蝠人》（西納堪坦人過去崇拜蝙蝠爲守護神）這本書，向我們傳達西納堪坦人的這種鮮明而堅固的類似世界觀的東西，相當有趣，其中介紹了一個這樣的故事。一九六九年有一位少年在夢中，聽到一個告知。在可以俯視湖的山丘上埋有一口巨大的鐘，你必須去把那挖出來，那告知這樣命令他。在夢中，古代的神帶他到那個地點去。然後說，這裡埋有鐘。因爲少年一個人實在挖不出來，所以少年就到村裡有力者的地方去，把夢中的告知說出來。有力者於是去拜訪巫師，問他少年所聽到的告知是不是眞的。巫師經過各種手續，認定那是眞實的告知。然後就開始挖掘。盡管那是人手不足大家正在收割玉米的農忙期，村民還是全體動員帶著鐵鍬和鏟子集合到那山丘上，花了兩星期時間努力敲碎石灰岩的堅硬岩盤繼續挖掘。從結論來說，很遺憾，並沒有挖到鐘。只留下一個十公尺左右又深又大的可觀洞穴。

就像這樣西納堪坦的人民，對於夢這東西擁有非常強烈的關心度，有時候（那個夢有可能影響共同體的命運時）那就不再是個人的夢，而成為共同體全體所共有的夢。這樣的時候，巫師會給共同體的長者建言，村民便同心協力去實行。這種事情到現在，現實上還在這裡進行。人們手上雖然帶著CASIO的手錶，提著收錄音機走在路上。但是他們現在還依然在作著共同體一體的夢。

此外在這裡，人們因為宗教的原因而強烈拒絕拍照。在西納堪坦附近的一個村子聖·凡·恰姆拉，據說幾年前在教會內部拍攝照片的兩個觀光客被居民親手殺了。這或許照例也是「這是聽人家說的眞實的事情……」之類的也不一定。因為很多旅行指南上都這樣寫，因此或許是眞的。而且現實上到聖·凡·恰姆拉村子去時，我這樣覺得。不管是眞的，還是假的，就算發生這種事也並不特別奇怪。

不過對攝影的松村君來說，拍照是他的職業，所以總不能說「好，我知道了，那麼就客氣一點不要拍照吧」。就像刊登在這裡的一樣，他拍了相當多村民們的相片。因此而遭到很慘的結果。被丟石頭，還挨揍。我實在看不過去，勸告他「你就不要那麼明顯，藏起來偷偷拍嘛」，可是他搖搖頭。「不行，村上先生。拍照這東西就是要從正前方好好拍。要是躲起來偷偷拍的話，那就太卑鄙無恥了。」

松村君這麼強烈抗拒躲著偷拍，其實是因爲他已經爲某家寫眞週刊雜誌做了幾年工作。對於避開別人的眼光躲著拍照，已經覺得厭煩了，因此不管發生什麼事，都不再躲著拍，已成爲他的信念。「被丟丟石頭，沒關係。以前我到非洲去拍馬賽族時，還被矛刺得住院呢。跟那比起來，這還算是小事一樁。」

他既然這麼說了，我也只好說「噢，那麼你要小心一點」可是松村君眞的碰到很慘的遭遇，我在旁邊看著都覺得實在可憐。他要拍照時，周圍的人就往他身上丟各種東西。而且那些眞的都很確實地命中。準得甚至讓你覺得他們大概每天都在練習朝什麼目標投擲東西吧，居然都命中他的頭。我甚至開始擔心他會不會眞的被殺死。當攝影師眞不是個簡單的工作。我還是當小說家比較好。至少文藝評論家（到目前爲止）還不會向你丟眞正的石頭。

不過果然連村松君也好像逐漸感覺到自己眞正已經身處危險之中了，過了幾天之後，他開始變節屈服了，在車子的玻璃窗上貼起紙來，從縫隙間偷偷拍照。這樣說雖然有點過意不去，不過一旦這樣決定之後，果然是向來訓練有素，工作起來眞是動作很快，手法乾淨俐落。我覺得眞不簡單。雖然對這樣的做法感到敬佩本來是不應該的。

在奇阿帕斯州的伽那洛，遇到某種宗教遊行隊伍。

印地安儀式用裝扮。

一進入印地安的村莊時，我爲了避免被他連累，而盡可能離開松村君行動。因爲如果既沒有拍照卻被扔石頭，就未免太遜了。我假裝不認識他，裝成跟他沒關係的樣子，盡量在不引人注目的地方做筆記或畫簡單的素描。他們雖然討厭被拍照，但對素描卻不在意。像這次這樣以寫有關這種文章爲前提的旅行，有些情況無論如何都需要有視覺性的紀錄。這種時候多半用自動對焦的小相機拍下來，但像這裡這樣不方便用相機的地方，則不得不用畫畫了。雖然我絕對不擅長畫畫，不過當我坐在教堂的石階，悠閒地素描著周圍人們穿的各色各樣的衣服時，心情眞的覺得，啊！滿不錯的嘛。在這種場所，時間的流動方式，與其用照相不如用素描來表達還比較合適。

其實這個村子的印地安人並不是全體都討厭被拍照的。在恰姆拉有滿多女孩子說只要給錢就可以拍。雖然是賣東西的女孩子，但你說不想買東西時，她就說那麼拍照片吧，只要一千披索就好了。一千披索相當於日本錢的四、五十圓。大約可以買四個小麵包。也有母親主動帶著小孩來說，來呀拍照片吧。雖然因個人而異，不過一般來說似乎小孩子比大人抗性少，女人又比男人抗性少。在印地安村子裡，很多小女孩子以觀光客爲做生意的對象，所以她們在某種意義上比男人們更具有現實性，更確實地涉入貨幣經濟的活動中。但是像這樣給她們錢，以這作交換而拍照，到底有什麼意義呢？想到這裡，心情變得有點複雜起來。

如果你有機會到奇阿帕斯的印地安村的話，我想你最好放棄用相機，把那收到什麼地方，安靜坐下來悠閒地畫一畫素描可能比較好。畫得好不好是另一回事，那樣會比較輕鬆，可以融洽地和別人打成一片。總比躲起來偷偷拍，或被人家扔石頭要愉快多了。

西納堪坦城裡正在舉行名叫聖．歐塔伯的聖人紀念節日。並不是很大的節日，既沒有市集，人們也沒有聚集。只有教會的庭園裡有樂隊演奏，並放煙火而已。教會的庭園裡有兩層樓的亭子似的東西，那二樓就像個舞台一樣，樂隊排列在那裡爲節日演奏著音樂。樂隊的編組有兩支小喇叭、兩支薩克斯風、一支伸縮喇叭、一支低音大喇叭，再加上大鼓。這樂隊好像是從別的什麼地方請來的似的半職業性的一些人，跟當地人不同，都穿著普通的衣服。這樂隊熱烈地演奏了一陣子音樂之後，休息了一下。他們正在休息的時候，在下面的當地樂師則代替著繼續演奏，說是當地樂師，也只不過是到處看得見的三個中年人而已，兩個打小鼓，一個吹簡單的豎笛。聲音既小，不太有勁，旋律也不明確。就像從前日本節日音樂那樣，劈——咿呀啦、劈——咿呀啦的，他們就席地而坐一直輕聲細氣地演奏著。

不過比起二樓大聲演奏的碰——恰卡、碰——恰卡，還不如這邊輕聲細氣的音樂來得打動人心。尤其對我們日本人來說，那種劈——咿呀啦、劈——咿呀啦，好像可以感覺到某方面很接近的東西。但不久之後二樓的樂隊又再開始演奏，而下面的中年男人便停止演奏了。兩邊的演奏者始終都是面無表情地演奏著。既沒有面帶微笑，也沒有繃著臉不愉快的樣子，臉上簡直就沒有所謂表情這東西。演奏本身始終平平的，都沒有激昂亢奮的地方。只是音樂在那裡不斷地響著而已。

放煙火的一共有五個人，都是年齡相當大的。而且他們臉上也幾乎沒有表情。從服裝看來，他們大概也是從外地請來的煙火專家。也許樂隊和放煙火的專家是配合各地的節日，從一個村子到一個村子移動著做生意的。他們以熟練的手法把黑色的火藥用木槌咚咚地敲著，把那塞進筒子裡，塞滿之後就點火，砰轟——地，打到天上去。看著時好像馬上就要在手上爆炸了似的，好可怕，但那些師傅們的手沒有一點被火燙傷的痕跡，因此大概不會失敗吧。說是煙火，其實視覺上並不特別美麗。畢竟因爲是在明亮的白天放的，所以除了一陣煙之外，什麼也看不見。砰轟——地發出一聲威猛強大的聲音，天空砰地散開一陣煙，這樣子就完畢了。打上天空之後，那些中年男人又從掛在腰間的葫蘆裡拿出黑色火藥來，用木槌咚咚地敲一敲……這樣拖拖拉拉地繼續著，簡直像永久運動的一部分般反覆著。極爲機械性、事務性。在那之間樂隊依然還在碰——恰卡、碰——恰卡，或劈——咿呀啦、劈——咿呀啦地繼續演奏著。

同樣的事情很單調的幾次又幾次地反覆著，只有時間在慢慢流過。不過坐在教會的庭園裡，和小孩子們一起一直注視著這樣的光景，我既不覺得無聊也不覺得厭煩。反而不知不覺之間開始有一種懷念的感覺。這麼說來，從前日本的祭日慶典也有這種悠閒的感覺。所謂節日並不是一下子情緒高漲起來，一下子就結束掉的，而是從早上開始就一直延續享受漫長過程的事情。我們有時候與其盛大熱鬧的慶典，不如比較喜歡不知道什麼時候才會結束的沒完沒了的反高潮式的慶典。

這種心情——啊！說起來就是這種感覺，的類似懷念心情——在那個地區旅行時，我在很多地方都感覺到。例如在毛毛雨煙霧迷濛中，開車經過鄉下田野的山路時，轉個彎眼前立刻就展開新的風景。這時候，眼前點點的民家屋頂，和山丘開墾成一小塊一小塊田園的模樣中，我好像忽然看到日本鄉下的樣子似的。我試著問身旁的阿佛瑞德說「你不覺得有些地方有一點像日本鄉下嗎？」他回答我「嗯，是嗎？我並不覺得這一帶有什麼特別像日本，這種鄉下景色啊，到哪裡都有一點相像吧」。當然每個國家的鄉下確實都有一些相像的地方。不過我到目前為止到過很多國家旅行，看過很多不同的鄉下，卻第一次感到這種類似親近感的東西。尤其在美國東部住了一年半之後，一下子面對這樣的景色時，有些地方讓我深深感覺「對呀，這種情形在視覺上我相當了解」。住在合眾國，不管住得舒不舒服，總是經常覺得自己畢竟是住在異鄉。有一種生活在不是本來地方的感覺。那是屬於社會如何，種族又如何之前的問題。在那之前，圍繞著我們周遭的情景在視覺上就是「外地」。在那裡的情景，首先就沒有以潛在性的記憶立即地、道理說不清地打動我們心的事情。當然眼睛看見美麗的風景會覺得美麗，而且也確實會感動，不過那終究只是在所謂「美麗」這文脈中的感動。然而我在奇阿帕斯山中忽然感到的，卻不是那種東西。我在那裡所感到的，是連綿聯繫到更遙遠的，用現成的語言無法順利表達出來的那種，應該說是同步性(synchronize)的心境。

不過當然，並不是我對墨西哥原住民擁有輕易的連帶感。所有的事情並沒有那麼簡單。我們無論歷史上、文化上、人種上，都和他們相隔很遠，差別很大。但雖然如此，我一面四處繞著走在那塊土地上，腳下卻一面開始繼續感覺到說不出來像根一般牢固的東西的存在，能夠讓人有這種感覺的地方，我想全世界也找不出多少來吧。

進入西納堪坦的教會，看著身穿紫色華麗長袍的耶穌基督，和穿著這個村子特有服裝的聖母瑪麗亞的樣子時，一個十歲左右的男孩子走來問我「我想要原子筆，你有沒有？」因爲我的原子筆放在車上，所以我說沒有。於是少年說「我想買原子筆，請你給我一點錢好嗎？」我給他一千披索。一千披索也許買不到原子筆，但因爲我零錢只有這些。後來別的男孩子又走來問我「對不起，請問你有帶原子筆嗎？」雖然我不清楚詳細情形，不過這個村子原子筆似乎是很熱門的商品的樣子。

聖・凡・恰姆拉是比西納堪坦規模大得多的村子，人民的個性好像也比較積極進取。有些旅遊指南書上寫著。「彷彿世外桃源」，不過我所得到的印象卻不是感覺這麼輕鬆的地方。看來這個村子的人民比我在西納堪坦所看到的人們生活似乎更貧窮。這裡的小孩子們，不像在西納堪坦的小孩子們那樣會用「對不起，請問你有帶原子筆嗎？」之類比較婉轉的說法。他們全都繞著觀光客說「請給我錢嘛，請給我錢嘛！」或者把手上拿著的民藝品、土產品推到你面前來，執拗地要賣給你。車子一停下來時，就會被一群女孩子包圍住「我們幫你看車子，給我二千披索」這樣說（不過確實是幫我們看車了）。他們穿的衣服也破破爛爛，頭髮蓬蓬亂亂的，滿身污垢。幾乎沒有小孩穿鞋子或涼鞋的。我們以餅乾代替錢給他們時，就狼吞虎嚥地吃了起來。雖然政府的政策努力在改善印地安人的生活設備，所以這裡的道路修得驚人的壯觀，因此走在上面的居民的模樣就有點顯得走錯地方了似的。

正如大多的印地安村子那樣，人們的穿著裝扮都統一成一個樣子，那好像是表示他們都屬於這同一個共同體的證據似的。女人從幼小的孩子到老太婆為止，肩上全都披著綠色的披肩，穿著纏有黑色腰帶的裙子。男人身上從頭套一件麻毯一樣的衣服，下面穿一件短褲子。

大多的男人戴著帽子，穿著草編的涼鞋，戴著手錶。據說從服裝的些微差別，就可以知道他們在村子裡的身分階級，不過我還無法分辨到那個程度。總之關於服裝也有各種詳細的規定。這種村子的服裝在土產店裡可以買到，不過買的衣服如果當場就穿起來的話，有時會有危險。因爲那樣可能意味著外人侵害了那個共同體的規定。

無論任何地方的村子都一樣，一進入村子首先就看到教會。這裡教會的門漆成鮮豔的薄荷綠色。我當然不清楚他們是怎麼決定「我們村子教會的門要漆成薄荷綠色」的。或許是召開村民大會之類的以多數表決決定的。或許薄荷綠從古時候開始就是這個村子的主題色也不一定（這麼說來這顏色和女人們所披的披肩綠色似乎很像）。教會裡沒有椅子。以「土間」來形容倒很適合的空曠寬闊的地上鋪滿了松枝，到處插著點著蠟燭。說是莊嚴，不如說充滿強烈魔術性雰圍的教會。以西歐的教會來看的話，似乎可以說是異教性的，散發著不可思議的空氣。十字架形狀的平衡感，也和歐洲天主教教會的完全不一樣。那裡所演奏的音樂，也不是所謂的教會音樂。有時印地安人走進教會來，打著赤腳踏在松葉上走到教壇前面，在那裡跪了下來安靜地畫個十字。教會裡不可以帶照相機進去。據說在教會裡攝影的觀光客被居民殺掉，其實就是在這個村子發生的事。

教會前面的廣場形成一個市場，這是爲了當地居民買賣日常必需品和食品的市場，不太有什麼吸引我們興趣的東西。賣的是一些魚乾、甘蔗、椰子果、檸檬、香蕉，之類的東西。我在這裡的攤子吃了水煮玉米和 tacos（墨西哥蛋餃）。tacos 看起來好像很好吃的樣子，其實只是涼掉的水煮蛋用 tortilla（玉米粉做的薄圓煎餅，墨西哥的主食）捲起來吃而已。老實說並不怎麼好吃。

然後我向賣東西的女孩買了兩條小裝飾帶子，花了五百披索。

聖・安德雷斯・拉萊因薩爾在從西納堪坦再往深山前進一些的地方。到這個村子的道路，因爲沒有像到聖・凡・恰姆拉或西納堪坦修築得那麼完備，所以交通非常不方便。由於已經有道路施工車輛進來了，因此相信不久將會鋪好吧，但現在則還處於相當悲慘的狀態。稍微下一點雨時，道路便泥濘不堪（爛泥巴會一直深到完全蓋過腳背），連四輪驅動車都會感覺通行困難。我們車子前面的卡車陷進泥濘中，完全動彈不得，進退兩難。因爲道路狹窄，所以也不能超他們的車。只好在輪胎下鋪一些石頭或樹枝之類的，大家一起從卡車後面推，東搞西搞地最後好不容易才從泥濘中拔出來時，已經花了差不多三十分鐘了。在那之間我們也一直在後面等著。

星期天拉萊因薩爾有相當盛大的市集。我們去的時候很幸運的湊巧是星期天，所以可以仔細地慢慢逛這個市集。這裡賣的是日常生活用品。有些是從城裡開著卡車載貨來的商人，有些是從附近搬運青菜或家畜來的農夫，各自開起店或擺開攤子來，附近的印地安人都集中到村子的廣場來買這些東西。有些臺子上排著一長列還在滴血的豬頭。也有排出馬切刀（開山刀）在賣的。這裡最受歡迎的商品怎麼說還是收錄音機，賣這個的商店門口擠著一群人。買了收錄音機的印地安人，全都照例用那播放著嗆、嗆、嗆、恰卡，的墨西哥歌謠曲。實在眞傷腦筋——話雖這麼說，不過這是人家的國家，所以也沒辦法。

這個村子的小孩子們倒比較乖。看到觀光客也不會那麼死纏著不放。只有一個八歲左右漂亮得會讓你目瞪口呆的女孩子，我向她買了一個布縫的袋子。雖然袋子本身也相當不錯，不過那個女孩子漂亮得不得了，也是我購買的主要原因。我想確實在任何世界美人都會比較吃香。我忘了對方開價多少了，不過在討價還價和妥協的結果，以四千披索成交（才八歲就這麼能幹，眞令我佩服）。但我實際要付錢時，模模口袋看看，卻發現零錢只有三千五百披索。雖然有一萬披索的鈔票，但卻到處都找不出多的零錢。於是我說「對不起，可以算我三千五百披索嗎？因爲我只有這些零錢」，結果那個女孩子以非常悲傷的眼神，久久一直一直盯著我的臉看。簡直就像在看吝嗇的爺爺一般。然後一句話也不說地收下我的三千五百披索走掉了。現在我每次想起那個女孩子時，就覺得我好像在那個拉萊因薩爾的村子做了一件極霸道惡劣的事似的。

雖然我也造訪了其他幾個村子，要一一順序寫出來的話，會變得很長所以我只簡單記下。在伽那洛村時，松村君正在拍照時頭被揍了。我跟平常一樣正裝成「跟這個人沒關係」的樣子在街上觀賞某種宗教遊行，或走進店裡喝喝啤酒。松村君也曾經在教會後面的空地站著小便而被大罵過。現在想起來，能夠活著回來還眞幸運。這個村子醉漢特別多。滿臉通紅醉醺醺的阿伯們東倒西歪地在眼前晃蕩著，我還看過他們在廣場上吵架。

特內哈巴村的入口還有「戰鬥女性合作社・民藝品店」。以西班牙語來說的話，就是：SOCIEDAD COOPERATIVA DE ARTESANIA UNION DE MUJERES EN LUCHA S.L.C.

雖然我不清楚詳細情形怎麼樣，不過好像是這地區從事編織工作的女性集合起來組成合作社，把自己編織的東西集合在一個地方有組織地販賣的運動。合作社的目的在藉著商品流通的一體化，防止破壞行情，排除中間剝削。在店裡賣東西的也清一色是女人。雖然運動的動機非常正當，不過所謂「戰鬥女性」的名字還是有點可怕吧。這麼說或許會被女性主義者罵也不一定。不過既然是在賣東西的商店，我覺得不妨取個溫柔一點的名字比較好吧。思想歸思想。果然進到店裡，跟她們討價還價「這個可以算便宜一點嗎?」時，當場立刻就回答

「NO」。因爲這是合作社的公定價格，規定不能討價還價。據這方面編織物的權威阿佛瑞德的說法（這個人眞是很多事情的權威），「東西雖然好，不過價格貴了那麼一點」，我也覺得「貴了那麼一點」。而且來到墨西哥之後，因爲已經完全習慣買東西要殺價了，所以對於要我們以那公定價格買實在有點不太爽。因爲這樣的關係，結果什麼也沒買就走出來了。後來從書上也看到，關於這公定價格村子裡自己也還在議論紛紛。雖然我不知道是哪一類的內部爭議，不過我對和女性有關的內部爭議，向來基本方針是盡量不要牽涉進去。尤其那是關於「戰鬥女性」的內部爭議就更不用說了。

依我看來，這一代的印地安村子，一般來說男人這邊從事的是自古以來依然不變的農耕經濟，同時另一方面女人則從事以觀光客爲對象的服務產業。自古以來男人在田裡耕作，女人在家織布，知道那織好的布可以拿出去賣錢的女人，不管願不願意，眼光自然逐漸從共同體的內部往外部看出去。而且那有時候就發展成「戰鬥女性們的合作社」了。當然這麼激進的方式不可能那麼容易就順心如意，正如剛才說過的那樣，還有內部紛爭，或受到想要維持舊有體制的卡西貴（地主）激烈的壓迫和妨害。「戰鬥女性們的合作社」運動今後將收到什麼樣的成果，當然無法預卜，不過在許多山間的小村子裡以女人爲中心的新經濟結構正逐漸產生，則是不可否認的事實。只要新的道路鋪好之後，觀光客自然會來，只要觀光客增加，商品的流動量也會大增。而且那種經濟結構的轉變，或許也將引起以農耕經濟所形成的印地安共同體結構的巨大變化吧。我想這大概是不可避免的歷史過程。外部的歷史，終於也追到他們這裡來了。

離開奇阿帕斯之後，就再也看不到像這種共同體式的印地安村子了。住在離奇阿帕斯不太遠的拉堪頓叢林深處，傳說中的印地安人，現在已經失去他們原有的生活地盤，許多人離鄉背井，到都市去尋找工作。從飛機上俯瞰時可以知道，能夠稱得上叢林的地帶已經幾乎不存在了。據說過去有廣大的一片大地曾經被濃密的綠意所覆蓋的巨大叢林，已經百分之八十五被砍伐殆盡。留下來的是，到處露出赤紅色土地，看了令人心痛的熱帶雨林的殘骸。

人們或許就是這樣逐漸放棄共同夢想的。心靈不再交響，漸漸地不再側耳傾聽遠處的聲音了吧？我覺得那在某種意義上是可悲的。因為我在奇阿帕斯深山中所遇到的印地安人雖然貧窮，卻是擁有一種清晰價值觀和世界觀，擁有高度尊嚴的人。我不是什麼文化人類學者，只是從一個村子到一個村子一路繞著走過來觀察了幾天而已，實在沒有任何資格說什麼類似結論式的偉大發言，只是想到今後當外部的機制慢慢滲透進來，使得他們那種自豪無法再以自豪發揮作用，一向以來的價值觀不再能以價值觀順利發揮作用時，他們身上將會發生什麼樣的事情呢？想到這裡心情不禁變得有些黯淡起來。

墨西哥政府在促進印地安生活設施的現代化上正不遺餘力，我想這當然是一件很值得敬佩的事。他們鋪設道路、建設學校、充實醫療設施。這是開發的三大主幹。但是這種現代化，對於向來幾乎處於孤絕狀態的印地安村子的結構，還有屬於那裡的人們的意識，是否將帶來極大的變化呢？

我曾經跟從故鄉的村子來到都會的印地安青年談過話。那位青年說以前生活在故鄉的村子裡時，從來沒有一次餓過肚子。雖然是貧窮的鄉村，但他不知道什麼叫做飢餓。因爲在村子裡時，如果他覺得餓了，只要向什麼人打個招呼說「你好」就行了。於是對方聽了那聲音，就會說「啊，你好像肚子餓了的樣子，到我們家來吃飯吧」，就給你飯吃。光憑「你好」這一句話的一個音調，就知道對方是不是空著肚子，是不是身體不舒服了。他們就是在這樣互相培養著這種心靈交響中成長的。因此在剛剛來到都會不久時，那個印地安青年肚子餓時曾經到處向很多人說過「你好」。但卻沒有人給他飯吃。他們只是回答招呼「你好」而已。他肚子很餓一路走著說「你好」，直到餓得聲音都說不出來爲止。但是誰都沒有說「到我家來吃飯吧」。於是這時他才終於明白過來。在這裡誰也聽不懂語言的弦外之音。

在下著涼颼颼牛毛細雨的奇阿帕斯山間走訪了幾天之後，猶加敦（Yucatan）半島的風景看來則顯得比較單調。空氣悶悶熱熱的，人們的樣子顯得好像有點哀傷。而且就在下山的同時，我的耳朵到目前爲止一直感覺到的某種悄悄的聲響似的東西也隨著消失了。那種感覺有一點不可思議。

現在我面對書桌這樣寫著文章時，腦子裡還想起在拉萊因薩爾村子，只因我錢不夠五百披索，那個漂亮的賣東西的女孩子，竟然一直一直瞪著我的臉的那對眼睛。當時那眼睛裡，好像有什麼動搖我心的東西存在。仔細想想，像這樣跟人家認眞的眼對眼互相盯著看，對我來說已經非常久沒有過了。繞著這五百披索（二十圓）的錢，我們長久一直注視著對方的眼睛深處。也許你會想只不過是區區二十圓而已嘛，而且我當時也不是沒有這樣想過。但我想「沒辦法啊，現在口袋裡只有這些零錢」。不過那不只是錢的問題。我想那是我跟那個女孩子之間的溝通問題，也是心意互動的問題吧。

我也想到，有一天那個女孩子長大之後，或許也會成爲「戰鬥女性」的一員也不一定。不過到那個時候，奇阿帕斯山中的許多印地安村子的模樣，可能也已經有很大的轉變了。

拉萊因薩爾的村子。

讚岐・超深度烏龍麵紀行

九〇年十月。*High Fashion*年輕漂亮知性的編輯（當時）松尾每次碰到我，就很自豪地談到家鄉的讚岐烏龍麵有多棒（難道沒有其他自豪的東西嗎？）因此話題就在「那麼要不要去吃？」的地方打住，決定去做採訪旅行。同行者還有安西水丸兄。我們三個人到處吸哩呼嚕地吃遍了各家的麵。不過真是好吃。現在都忽然想到再去吃一次「中村烏龍麵」呢。趁著採訪空檔，跑著登上金刀比羅宮的階梯，也是個美好的回憶。

或許香川縣這個地方還有其他很多令人吃驚的事情。但是我到香川縣去一看，最感到吃驚是烏龍麵店家數的壓倒性之多。好像讓你覺得難道除了麵店之外就什麼都沒有了嗎？麵店就是眞的多到這麼可觀的地步。至於像壽司屋啦、拉麵店啦、蕎麥麵店啦，這類的則幾乎看不到。不管頭朝哪一邊看，都像五月一日勞動節的明治公園裡飄揚著的旗海一樣，密密麻麻地全面掛著烏龍麵店、烏龍麵店。旅行中我甚至覺得從早到晚一直都看到烏龍麵的招牌似的。

除了烏龍麵店的招牌之外，勉強記得看過的只有「請親切待人」這獅子會立的看板，和店名叫做「那裡」的小酒館的招牌而已。我雖然並不喜歡對一些芝麻小事囉唆挑剔，不過實在無法了解是哪條筋不對，居然會把店名叫做「那裡」。因爲一般說到「那裡」，不就是指「那裡」嗎？我想這可不太妙吧。還有「請親切待人」也相當莫名其妙。這塊看板是在金刀比羅宮附近的街角無意間看到的，冷不防被這麼一說，就是我也會覺得非常傷腦筋的。我希望標語這東西最好能夠傳達稍微限定一點的訊息。我眞不知道四國的人到底在想什麼？

這姑且不提，總之香川縣烏龍麵店的家數很多就是了。如果依照人口統計一下每個人所擁有的烏龍麵店數的話，出來的結果我相信香川縣保證一定拔得頭籌榮獲全國第一名。

老實說，我對於在*High Fashion*這流行雜誌上，做什麼「四國烏龍麵之旅」之類不太算Fashionable的採訪，覺得有一點過意不去。因爲讚岐烏龍麵和流行之間，幾乎沒有任何關聯。本來這種企劃應該是爲《太陽》或《四季之味》，或者退個十五步，也應該在*Missus*之類的雜誌上寫比較適合。可是爲什麼卻偏偏爲*High Fashion*寫呢，只因爲負責編輯的松尾（松尾是女性，敬稱略）是香川縣人，每次跟我碰面時，（也許香川縣出身者的話題一般來說都相當有限吧）總是提到烏龍麵的事。加上我本來也喜歡吃烏龍麵，每次松尾提到烏龍麵的話題時，聽起來都好像非常好吃的樣子。談著談著之間不知道怎麼就變得非常想吃烏龍麵了。松尾一提到烏龍麵幾乎是忍不住吸哩呼嚕一面流口水一面流鼻水的❶。既然如此，那麼乾脆就決定到四國去吃烏龍麵，把那寫成採訪報導好了。老實說，起初人家是向我邀稿問我願不願意寫川久保玲服裝秀報導的。我說這種事我不太懂，如果是烏龍麵的話我倒是可以寫，本來打算輕鬆地開一下玩笑的，居然變成眞的就做起烏龍麵的報導了。這種事情只能說是順其自然的演變結果，除此之外什麼都不是。

於是我邀安西水丸說「嘿，要不要一起到四國去吃烏龍麵？」「噢，好啊，走吧。」於

---

❶譯註：日本人吃麵是用吸著吃的，一面趁熱吹兩下，一面滑溜溜地吸進嘴裡，適度輕輕發出嘶嘶的聲音，是吃麵的禮貌。和中國人吃麵盡量不發出聲音的習俗不同。

是就這樣，三個人便閒閒的晃蕩到四國去做三天兩夜的旅行。時逢秋季，天高氣爽，心想一面悠閒地看一看四國，一面痛快地把讚歧的烏龍麵好好地吃個夠。已經十月底了，在四國穿一件T恤衫卻還暖和得會出汗的程度。

或許有些讀者會認爲烏龍麵到全國去還不是大概都一樣。不過我可以明白地說，這種看法是錯的。香川縣的烏龍麵的情形，和其他地方的烏龍麵的情形根本就不同。以一句話來說，就是相當deep，學問很深。就像到美國南部的深處去，在小城裡吃炸鯰魚的那種調調。

小懸家

剛剛到達四國走進的第一家烏龍麵店，一進到店裡首先送來的是搓板和長達二十公分左右的蘿蔔。這是怎麼回事，回頭看看周圍，客人全都一本正經努力地在上下搓著蘿蔔泥。沒辦法我也只好右手拿起蘿蔔，左手握著搓板，努力地上下搓著蘿蔔泥。因爲點了烏龍麵之後，等麵燙好還要花十五分左右，爲了免得客人無聊沒事可做是很好，不過整個店裡的客人全都在搓著蘿蔔泥的情景實在相當奇怪。我忽然想到搓蘿蔔泥這回事本質上應該是個人性的作業的。雖然並不能算是孤高的作業，不過也不太適合團體集合在一起做吧。不過也沒什麼不可以就是了。

偏偏蘿蔔又很硬，所以搓起來相當需要腕力和握力。雖然我覺得自己算是有點腕力的（常被我太太說「只有這時候才有用處」），就算這樣還是快喘不過氣來。如果去年兩個人都一起心臟病剛發作過的老夫婦來這裡吃麵的話，到底會怎麼樣呢？雖然那是別人家的事，不過我還是不禁擔心起來。

小酢橘和蘿蔔一起送來。桌上放著有辣椒粉、蔥和薑。蔥不是像關東的大白蔥，而是柔軟的小青蔥。另外還有芝麻。可以旋轉蓋子咖啦咖啦研磨的那種。然後還有醬油和用擠出來的那種山椒醬和味素。我這次採訪到過將近十家麵店，幾乎每家都放有味素。大概可以說是必需品吧。香川縣人很多都是在麵的上面灑味素吃的。這種做法也相當 deep。

還有，或許有人會覺得奇怪，爲什麼烏龍麵店桌上要放醬油呢。這是要澆在麵上吃的。也就是說涼的烏龍麵送來時，客人居然就在那上面嘩啦嘩啦猛澆醬油，然後就那樣子吃將起來。這叫做「醬油烏龍麵」。

心想既然已經好不容易專程來到四國了，我也來試著吃吃看這種 deep 的醬油烏龍麵

在「小懸家」

各位顧客，
搓板已為您送上了
（其實並沒有這樣說）。
deep
胡麻
蘿蔔
辣椒粉
味素
青蔥
醬油
搓板
芥末醬
生薑
稻荷壽司
黑輪
可樂餅
良子
妳吃不吃
稻荷壽司
醋橘
一郎 加油啊
使出腰勁用搓
板的方法。
（觀察過的）水丸
本圖是憑空想像畫
出來的，抱歉！
水丸。

吧。這味道還眞的相當行呢。既simple又大膽。拿蕎麥麵來說正好像「moli（乾麵）」的那種感覺。如果放久了失去彈性的烏龍麵就不行，不過剛剛切好燙好還勁道十足的烏龍麵澆上醬油，光以蔥花加味，就吸哩呼嚕吃將起來，那美妙味道之有說服力，簡直要讓你拍膝叫好的地步。

這家烏龍麵店叫做「小懸家」，好像是相當有名的麵店的樣子。麵的咬勁稍微有點硬。醬油麵大碗四百圓、小碗三百圓。和東京的蕎麥麵店的價格比起來雖然便宜，但以香川縣的烏龍麵標準價格來說，或許該算是貴的了。店裡除了麵之外還擺著有黑輪和稻荷壽司（譯註：炸豆腐皮包的飯團），想吃的人就像自助餐那樣自己去拿來，配烏龍麵一起吃。就像是配菜的感覺一樣。好像每一家烏龍麵都大致採取這種做法的樣子。

首先這是適合入門者的烏龍麵店。先掌握到「原來如此，是這種感覺啊」。然後再往更deep更深奧的方面移動。

中村烏龍麵

那麼接下來去的是在丸龜附近的「中村烏龍麵」，這裡簡直棒得沒話說。是deep中最

deep的烏龍麵店。不但在交通非常不方便的地方，而且店在哪裡也讓人很難找，因此完全無法向旅行者推薦，不過如果你是狂熱喜歡吃烏龍麵的麵迷的話，則務必請來試試看。這是眞的値得你辛辛苦苦去找的烏龍麵店。

首先這家店幾乎是在農田的正中央。而且也沒有掛招牌。雖然入口勉強寫著有「中村烏龍麵」，不過那也好像故意（我這樣覺得）寫成讓人家從路上看不見似的。設計成如果不從後面繞一圈進去的話，絕對不知道那是一家烏龍麵店。好像是性格相當偏執的烏龍麵店的樣子。我們是搭計程車去的，連司機都驚奇地說「哇！這種地方也有烏龍麵店哪？我還不知道咧」。

店非常小。看起來與其說是烏龍麵店不如說更像是工地放建材的小工寮一樣。只見排了幾張像是湊合起來的小桌子而已。經營「中村烏龍麵」的是中村先生父子。不過我走進店裡時，爸爸中村先生和兒子中村先生都不在店裡。有一位中年阿伯站在滿滿一大鍋滾水前，一個人咻咻咻地燙著麵條團而已。我本來以爲這位阿伯就是中村先生父子中的一個，開口向他打招呼時，他卻說「不，不，我是客人」。在這家店裡似乎客人都可以自己隨便拿起排在那裡的一團團麵條下鍋燙麵，自己澆上調味料汁或醬油就吃，再隨便放下錢便走出門去。眞是好絕的地方啊，我想。不過入鄉隨俗，於是我們也就自己拿起了麵團下鍋燙麵，澆上調好的汁吃將起來。捧著碗公走到外面（因爲店裡很小），坐在石頭上，吸哩呼嚕地吃起麵來。時刻是上午九時過後。天氣既好，麵又美味。一大清早就坐在石頭上吸哩呼嚕地吃起麵來，心情慢慢開始覺得「世界變成怎麼樣，管他去呢！」眞不可思議。我想到，所謂烏龍麵這食物之中，一定含有某種可以消磨耗盡人類知之慾望的什麼要素吧。

後來中村爸爸出來了。中村兒子也出來了。當中村爸爸正在揉著、捏著、切著新的烏龍麵時，我就開始請教中村兒子。做烏龍麵已經做了十八年了，中村兒子說。在那之前做過養雞場啊，結果前面開起製材所，好吵噢，吵得雞都變成不下蛋了，就這樣嘛，才開起了烏龍麵店哪。從養雞場突然變成烏龍麵店，我覺得這樣的生意改變，發想實在也眞大膽，不過或許這種事在香川縣也不算多不自然。只是聽他這麼一說，仔細看看，變成烏龍麵店的建築物似乎有點像雞舍的樣子。

烏龍麵店建築物後面是農田，種著有蔥。根據客人的證言，據說從前曾經有客人抱怨「老闆，怎麼沒有蔥？」，結果還被中村爸爸罵過「囉唆，自己不會去後面的菜園採呀？」總之就是很原始的烏龍麵店啦（我也漸漸被感染到這裡的鄉音了）。在說著說著之間，中村爸爸已經做好新的麵條了。於是很快地刷一下把那湯好，灑一把蔥花澆上醬油端過來給我們吃。這可眞是美味極了。雖然剛才吃的烏龍麵也相當好吃，不過比起這剛剛手製成的烏龍麵

在「中村烏龍麵」

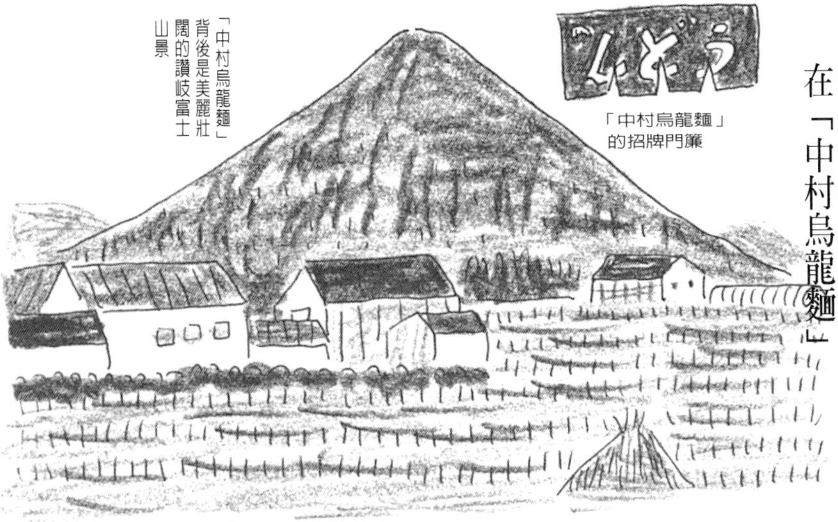
んどう
「中村烏龍麵」的招牌門簾
「中村烏龍麵」背後是美麗壯闊的讚岐富士山景

店後面是種蔥的菜園
默默工作的中村爸爸
接受採訪的中村兒子（相當瀟灑的人）
編輯松尾

在「中村烏龍麵」的中庭

之香，勁道之爽快的話，等級還差了一級。眞的是恰到好處痛快的咬勁。這烏龍麵在這次採訪旅行所吃過的許多麵之中，眞的可以說是珠玉中的珠玉。能夠到「中村烏龍麵」去，遇到剛製成烏龍麵的人，眞的應該說是很有福氣的人。

「中村烏龍麵」的麵是用兩隻腳踏過再揉的。據說如果不設揉麵機器就無法取得保健所的營業許可，因此開店時雖然也照規定裝了中古的機器，但檢查完畢之後，就不再使用機器，而一直用人的雙腳踏製。「不這樣就不美味嘛」聽到這樣說，本來想澆冷水「哦，會嗎？」的，不過人家既然已經說「不這樣就不美味嘛」，那鄉土的強大力量，讓你覺得只能恭恭敬敬地順從服氣了。

桌上放著蔥、薑（自己研磨的），辣椒粉、味素、山瀨醬油（口味淡的琴平產）。加在麵上的配料，則有竹輪、天婦羅、半片（譯註：鯊魚、山芋研細和蛋白混合做成的白色海綿狀食物）。天婦羅是中村兒子自己炸的。麵一小團八十圓，所以相當便宜（外帶則五十圓）。一個人大概可以吃五團左右，不過因爲我不是香川縣民，所以印象中平常吃三團大概也就夠了吧。客人大體都是固定客。據說也有很多從老遠特地來的人。不過所謂（「從老遠來」當然不是從北海道的帶廣或琉球的那霸搭飛機來，只不過從鄰村之類的地方）。依吃的人不同的喜好，也可以自己自由帶蛋或蘿蔔來。雖然不提供酒，這也好像容許自由帶來的氣氛。這麼奇怪的烏龍麵店，我想其他地方一定沒有。不過居然有人會特地提著蘿蔔來吃麵嗎？

山下烏龍麵

這家麵店在一條叫做綾川的河邊，店前還留著以前用來碾麵粉的水車。這裡也沒有掛招牌。只在入口旁邊掛著「郵局職員休憩所」的牌子而已。也許香川縣的郵局職員大家都在烏龍麵店休憩也不一定。這麼說來我倒聽過，從東京調到香川縣來的上班族，下班後被上司邀約「怎麼樣，要不要去吃一家啊？」以爲是酒吧或卡拉ＯＫ，去了才知道是烏龍麵店，兩個人吸哩呼嚕地吃完烏龍麵就散了，好像實際上眞的就有這樣的事。這應該說是一種令人會心微笑的地方風情吧。

「山下烏龍麵」大體說來是製麵所，讓客人吃麵好像是附加的一點服務一樣的意味。因爲來買麵的人，會說「讓我們吃一碗麵吧」，於是自然就擺起了桌子燒起開水，放上醬油和調味汁，這樣開始做起生意來的感覺。因此桌子旁邊還放著整排的製麵機器。據說香川縣很多這種附設烏龍麵店的製麵所。以東京來說，就像店前面也做三明治供應咖啡的麵包店一樣的感覺。放兩張簡單的貼合板面的桌子，十三、四張金屬管製的輕便椅子的程度。芝麻、生薑、味素、醬油、蔥等，必要項目一應俱全。麵一團一百圓，竹輪的天婦羅七十圓。因爲是製麵所剛製好的，果然烏龍麵眞好吃。從前那種老式的灶上架著大鍋，以木皮當燃料，咕滋咕滋地煮著熱氣騰騰的滾開水。

我聽老闆山下先生談起來。他說戰後國內生產的小麥減少，味道也改變了。我小時候那邊收割的小麥碾成麵粉做成烏龍麵，那才叫好吃。現在小麥幾乎都是澳洲產的。

不過同樣是進口貨，日清製粉公司只有對香川縣出貨是經過特別調配的小麥粉。因爲香川縣的人對烏龍麵就是這樣擁有極嚴格的基準，所以據說使用的客戶會對普通爲全國調配的麵粉提出抱怨。我也請他給我看，確實對香川縣出貨的小麥麵粉袋上印有「香」字的mark。做得還眞徹底。

蒲生烏龍麵

烏龍麵又烏龍麵的，肚子終究漸漸吃不消了，接下來轉移到「蒲生烏龍麵」。水丸兄也說「吃這麼多烏龍麵也眞辛苦啊」。我也覺得差不多想吃烏龍麵以外的東西了。可能的話，眞想吃一點像咖哩飯之類的。不過這次目的是爲了徹底吃烏龍麵的採訪而來到四國的，所以現在後悔也太遲了。這麼一來，到體力還容許的範圍之內，只好繼續吃下去了。於是來到「蒲生烏龍麵」。

純粹從採訪地點的選擇來說，我漸漸地喜歡上這家店了。這家店名副其實就在稻田的正前方。坐在放在店外的條凳上吃著烏龍麵時，眼前一大片稻田寬闊地無限展開。因爲季節是秋天，稻穗迎著風沙拉沙拉地搖晃著。一條小河就在眼前流過。天空無限的高，耳邊聽得見鳥叫聲。湯麵八十圓，大碗的一百四十圓。桌上放著可樂餅（譯註：炸馬鈴薯泥肉餅）和蛋當配菜。烏龍麵當然美味。因爲當地人特別指名介紹說好的店，我們才走訪的，所以關於烏龍麵的美味，每一家全都是水準以上的店。水丸兄吃了當配菜的可樂餅。他說「滿好吃的噢，這個」。麵店角落的瓦斯爐上正在燉著竹筍，發出咕滋咕滋的聲音。本地人繞過來一下，吸哩呼嚕地吃一碗烏龍麵，這種感覺相當草地的麵店，眞的就是有一種非常親密的氣氛。松尾也是因爲現在在 *High Fashion* 上班，才一副很神氣的模樣，滿嘴川久保玲或三宅一生之類了不起的大話，我想她高中時代從學校回家的路上，也是像這樣繞到麵店來，一面流著鼻水一面吸哩呼嚕地吃著烏龍麵的吧。

在這前後我們吃麵暫時告一段落休息一下，先去拜訪香川大學農學院的教授，烏龍麵權威眞部正敏先生。「到底是要採訪什麼？ *High Fashion* ？」我們在教授室訪問了滿臉疑惑的教授，請教他有關烏龍麵的事。教授榮任讚岐烏龍麵研究會的會長，並出版《讚岐烏龍麵》這名稱有些即物式，但卻非常像樣的會報。聽說前幾天才到中國去參加一個麵類的交流活動，眞是不簡單。這份會報也是一份內容相當有趣的讀物。不過讀了這份雜誌之後，會令人感覺難道香川縣民除了烏龍麵之外是不是就完全不想其他事情了呢？這要說是個麻煩點或許也可以說是個麻煩點吧。

根據教授的說法，現在讚岐烏龍麵所使用的小麥是澳洲產的ASW（Australia Standard White，澳洲標準白）的品種。這是澳洲人爲了烏龍麵用而進行品種改良，專爲日本市場而生產的小麥。製成麵香氣好，咬勁也好，味道又圓潤，擁有非常優越的特性。而且成本價格比國內產品便宜得多，因此短期之內立刻就席捲了全日本市場。那是昭和五十年代中期的事。我在各家麵店也請他們讓我看原料的麵粉袋，每家全部都是同樣品牌的麵粉。所以正確說，導入ASW之前的讚岐烏龍麵，和以後的讚岐烏龍麵味道應該有所改變。實際上「山下烏龍麵」的老闆就說過「那當然是以前的比較美味呀」。

不過眞部教授倒不一定贊同這意見。他說「味道這東西是根據記憶來的，至於哪一種比較美味，而味道又是如何改變的，我就無法一概而論了」。確實說得也有一點道理。我想這在香川縣或許也是引起各種爭論的一個話題。或許還會成爲首長選舉的政見爭論點也不一定。

不過不管怎麼說，我也覺得如果在全日本到處吃到的都是同樣味道的烏龍麵，或許也有一點無聊吧？就像前面也寫過的那樣，就算針對香川縣出品的小麥品質是高了一級這是事實，我還是覺得讚岐烏龍麵應該有唯獨讚岐烏龍麵才有的確實堅固的獨立性才對。因爲能夠如此深刻——擁有類似虔誠篤信的宗教式信仰般的熱情——深愛著烏龍麵的縣民，全日本絕對再也找不到第二個地方了。我這樣想，如果有一天澳洲和日本由於某種原因而斷交，全面停止小麥麵粉進口，而烏龍麵這東西也完全消失了的話，至少在香川縣恐怕會引起人民革命吧。

雖然眞部教授告訴我們許多有關烏龍麵十分有趣的學術性事情，不過因爲限於篇幅，還是轉移到下一家烏龍麵店去吧。呃（打嗝）。

久保烏龍麵

這家店也是製麵所直接經營的麵店，但因爲是在高松市內，所以和別家同種店比起來，各方面算來都是比較像模像樣的烏龍麵店。從外觀看起來整體上也像是一家烏龍麵店的樣子。我們去的時候是上午九點多，店裡已經充滿了客人。因爲吃烏龍麵當早餐的人很多，所以香川縣的麵店早晨開市比較早。這裡的小魚乾調味汁香味樸鼻相當美味。採訪老闆時，據他說小魚乾調味汁這東西撈起來的時間相當難控制噢。這家店聽說點乾麵和湯麵的客人大約各佔一半。

我看正在吃著麵的客人都非常像上班族的樣子。大體上一個男人進了門來，很明快地點完，就自己從櫃檯拿可樂餅或稻荷壽司，手法熟練地添加香料，就沉默地吸哩呼嚕吃將起來，吃完後放下錢便很快地走出去。非常酷。如果飛利浦・馬羅也生在香川縣的話，想必一定也是像這個樣子吃烏龍麵的。雖然我不知道是否——不強壯無法吃烏龍麵。不溫柔沒有資格吃烏龍麵——不過總而言之暫且不提。

這裡小碗一百二十圓、大碗一百九十圓，特大碗二百六十圓。

我們另外也去了幾家烏龍麵店，不過要一家家全部寫出來實在沒完沒了，所以在此割愛。簡直像一年份的烏龍麵都在三天之內全吃完了似的感覺，眞的吃了好多的烏龍麵。松尾說「我已經吃得好像麵都要從鼻子冒出來了似的」。松尾在採訪中因爲嚴重感冒一直在擤鼻子，所以或許眞的擤出一兩根麵條來也不一定。

在「山下烏龍麵」
今年怎麼一直還不變涼
「山下烏龍麵」的老闆
在「蒲生烏龍麵」
うどん がもう
呼
呼
我們眼前就是寬闊的田園，風景相當美麗
小河流過門前
在「久保烏龍麵」
小魚乾撈起的時間很重要……
早上九點店裡已經滿是客人
稻荷壽司一盤八十圓
可樂餅天婦羅一個八十圓

不過那個歸那個，香川縣的烏龍麵超越所有的疑問和保留，確實很美味，這次旅行結束後，我覺得我對烏龍麵這東西的想法好像也大為改觀。對於我的烏龍麵觀要說是「有了革命性轉變」也不為過。以前我住在義大利時，好幾次到Toscana的Chianti去旅行，到處走訪Chianti葡萄酒的釀造場，結果對葡萄酒的想法完全改變，雖然有過這樣的經驗，但這次的烏龍麵體驗，我想可以跟那相匹敵。

深入香川縣所吃到的烏龍麵有一種根深柢固落實的生活氣味。啊，這地方的人是如此這般地吃著這樣的東西過著日子的，我深深有這種眞實感。香川縣的人在談起烏龍麵時，簡直像在談起家裡的一個成員時般，有一種溫情。每個人都有烏龍麵的回憶，十分懷念地跟你談著。這是一件滿好的事，我想就是這種溫情產生美味的。

不過「中村烏龍麵」眞的好絕噢。

諾門罕的鐵之墓場

九四年六月。我寫了《發條鳥年代記》第三部中，因為寫到諾門罕和滿洲的事，所以《馬可波羅》雜誌提出要不要實際到那裡走一趟的話題。正好我從老早以前就很想去了，於是立刻接受了這建議。由於那是相當邊境的地方，所以對方讓我沿途一面住人民解放軍和蒙古軍的宿舍一面旅行。這不是個人私下可以簡單去得了的地方。同行者有松村映三君。本書封面所用的照片，是用我所帶的叫做「現場監督」的簡單照相機，我說「幫我拍一下紀念照吧」請他拍下來的。我還珍惜地保存著臼砲彈的破片。不過每餐全都是羊肉的食物實在不敢領教。

從大連到海拉爾

很久以前，我在小學生的歷史課本中，看過諾門罕戰爭的照片。現在也還記得很清楚，不過那上面刊登著很奇怪的圓嘟嘟的老舊戰車，和也很奇怪同樣圓嘟嘟的老舊飛機。而一九三九年夏天，駐屯滿洲的日本軍和蘇維埃・蒙古人民共和國（外蒙）聯合軍之間，由於滿洲國國境線的問題而展開激烈戰鬥，日本軍慘遭大量殺害而被擊退，有這樣一段短短的記述。那跟兩年後所爆發的太平洋戰爭有關的大量記載比起來，只不過是「一點點小插曲」程度的簡短記述，不過不知道為什麼，從此以後，這場諾門罕戰爭（由於沒有正式宣戰佈告，因此長期之間都繼續以所謂「諾門罕事件」這簡單隨便的名稱稱呼，事實上卻是一場極為激烈的眞正戰爭。蒙古方面稱為「哈爾哈河戰爭」）（譯註：哈爾哈河或譯哈拉哈河。）的情景卻似乎已鮮烈地烙印在我的腦子裡。

從此以後，我只要看見有關諾門罕戰爭的書時就會拿來看，但很遺憾那數量絕對不算多。然而大約四年前，我因爲某種原因到美國去住了四年，當我漫無目的地在我所屬的大學圖書室裡逛著時，發現書架上排列著相當多有關諾門罕戰爭的日語老舊書籍。雖然還稱不上「命運式的邂逅」，不過人這東西還眞會在奇妙的地方遇到奇妙的東西。總之我就把那些書借出來，一有空時就拿起來讀。結果我發現，自己對於在蒙古無名草原上所漫延展開的那場血淋淋的短期戰爭，到現在還是和小時候一樣被強烈地吸引。爲什麼會這樣，我不知道原因。但總之是這樣。

關於諾門罕戰爭連細節都描述得令人驚訝的巨著《諾門罕》的作者，美國軍史家阿爾文·D·庫克斯，也在前言中寫了同樣的事。自己年輕時有一天在美國的新聞報導中讀到有關諾門罕戰爭的簡短報導，從此以後就「不知道爲什麼」被那場戰爭深深吸引。那種「不知道爲什麼」的心情，我也很能了解。

不過我在普林斯頓大學的圖書室裡，讀著幾本有關諾門罕戰爭的書之間，而且隨著那場戰爭的實際情形逐漸在我腦子裡比較清晰鮮明地浮現之後，雖然還有些模糊，但我逐漸可以掌握爲什麼自己會如此強烈地被這場戰爭吸引的原因了。那是因爲或許這場戰爭的形成，在某種意義上「未免太日本式了，太日本人式了」吧。

當然太平洋戰爭的形成過程，在巨大的意味上也同樣是無可救藥的日本式和日本人式，不過那要當成一個例子來提的話規模未免太大了。那已經以一個定型的歷史性悲劇結局，像紀念碑一般聳立在我們頭上了。然而諾門罕戰爭的情形卻不是這樣。那以期間來說只是不到四個月的局部地區戰爭，以現在的說法來說是「限定戰爭」。雖然如此，日本人拖著非現代的戰爭觀＝世界觀，第一次嘗到了被所謂蘇維埃（或非亞洲）這個已受過汰舊換新的戰爭觀＝世界觀，體無完膚地擊敗、蹂躪的體驗。然而非常遺憾的是，軍方的指導者幾乎沒有從中學到任何一點教訓，於是當然又以完全同樣的類型，接著又以壓倒性的規模展開南方戰線。在諾門罕戰爭中喪命的日本士兵不到兩萬人，但在太平洋戰爭中事實上戰死的戰鬥兵員卻超過二百萬人。而且最重要的是，無論在諾門罕或新幾內亞，士兵中很多人幾乎同樣都是以毫無意義的死法喪失生命的。他們在所謂日本的密閉組織中，以沒有名字的消耗品，被效率極其惡劣地殺死了。而且這「效率之差」，或者所謂的非合理性，我們或許可以稱之爲亞洲性吧。

戰爭結束後，日本人開始變成憎恨戰爭這東西，並愛好和平（說得更正確一點是處於和平狀態）。我們一直努力想把將日本這個國家導向破滅結局的這種惡劣效率，也就是前近代的東西打破。並不是去追究自己內部的非效率性的責任，而把那當成是從外部勉強被迫接受的東西來處理，想做外科手術一樣單純地、物理性地排除掉。結果我們好像變成住在基於現代市民社會理念的效率良好的世界裡似的，而那良好效率又壓倒性地帶來社會的繁榮。

雖然如此，然而我依然無法從現在社會的許多層面中，我們似乎仍然還在繼續以無名消耗品被靜靜地和平地抹殺著的模糊疑念中，完全逃出來。我們相信在所謂日本這個和平的「民主國家」中，被保證擁有身爲一個人的基本權利而生活著。然而是否眞的這樣呢？剝掉一層表皮之後，是否和從前同樣的密閉國家組織和理念依然活生生脈搏強勁地跳躍著呼吸著呢。我在一面讀著與諾門罕戰爭有關的許多讀物時，一直一面繼續感覺到的，或許是這樣的恐怖吧。或許我們和這五十五年前的小小戰爭，並沒有遠離多少。我們所懷有的某種牢牢的密閉性，不知道什麼時候那過剩的壓力，還會往什麼方向以極激烈的威勢噴射出來吧？

就那樣，在紐澤西州普林斯頓大學安靜的圖書室，和從長春往哈爾濱的擁擠火車中，這兩個完全遠離的兩個場所，我以身爲一個日本人，繼續感覺到大致相同種類的不舒服心境。那麼，我們今後又將往什麼方向前進呢？

這次我和攝影師松村君花了兩星期時間，到諾門罕戰場，前半從中國的內蒙古自治區方面，後半則從蒙古國方面訪問。本來諾門罕村的前方一點點，只要越過國界，那邊就是蒙古國（以下簡稱蒙古）的哈爾哈河，然而很遺憾的是，現在兩國的迷思正複雜地糾纏不清，事情並不能簡單地運行，我只好千里迢迢地回到北京，從那裡搭飛機到烏蘭巴托，再特地搭吉普車長途遠赴東部國境邊緣旅行，落得必須採取這樣迂迴的繞道方式。在這層意義上，這一代的政治還相當「複雜」。雖然中國和蒙古的關係近年來已經相當改善了，但國界附近一帶的民族問題依然還存在著沉重而安靜的火種。

老實說到中國去完全是第一次，從成田機場直接飛大連只花了四小時。想到花十小時以上到美國東部來來回回，這簡直像國內旅行一樣短促不盡興的感覺。但是比起想說「咦，怎麼已經到了？」這樣短時間的移動，相對之下，那種感覺上的差距之大卻很強烈。從大連就被擠在連廁所都沒地方站的客滿列車，眞的可以說是中國式混亂擁擠極致的「硬座」（三等車）上（本來預定搭飛機到長春的，但總之因爲班機卻毫無理由地被取消，突然變成改搭火車），一個晚上十二小時搖搖晃晃得疲勞困頓，到長春車站時，覺得腦漿的組織也配合周圍動盪的情景而相當大幅度地被重組轉換過了似的。

第一次看到中國這個國家，首先驚訝的是人口之多。雖然日本人口當然也很多，但那是因爲國土本身狹小的關係，所以或許可以說還有一點道理。心想因爲住在這麼狹小的地方，所以多少擁擠一些也不得不互相容忍。但中國的情形卻不是這樣，不但國土廣大得不得了

（這麼廣大卻還這樣），人口多得可以塡滿那土地。不管朝向任何方向看，眞的都是人，完全沒有所謂沒有人的情景。這種說法也許會引起誤會也不一定，我在日本讀到什麼「南京大屠殺」或「萬人塚」等提到戰爭期間在中國大陸大量屠殺事件的書時，腦子裡雖然大致可以掌握事情的經緯，但對數目的規模這一點，還是有點不太明白的地方。再怎麼說整批一次殺人，以現實問題來說，眞的能殺得了那麼多人嗎？在實際感覺上有點無法理解。或許很多日本讀者同樣也和我有類似的感覺吧？

但實際來到中國，無論在公園角落，或在車站的候車室裡坐著，恍惚地眺望周圍熙來攘往的人們的樣子時，忽然想到，那樣的事情或許眞的確實有過啊。總之人數就是多到這個地步。不知道從什麼地方，不斷地湧出一大群一大群的人來。這不僅在大都會這樣，到鄉下去也一樣。交通工具，不管任何種類的交通工具，都宿命性地要人命地擁擠，上街的人不管在哪裡，都隨便丟煙蒂、吐痰、怒罵、拚命在買東西、賣東西。長時間眺望著這樣的光景時，開始害怕會不會不久之後對數量的感覺很快就搞錯位數之類的，甚至開始想到或許讓來到中國的日本兵的感覺從根本上狂亂起來的，也正是因爲這種壓倒性物理上的數量差異吧。

在大連街上很意外地，到處看到好多賓士車(Mercedes-Benz)。而且不是１９０之類收斂的車型，而是５００、６００之類的大型車比較多。到底是什麼樣的人坐這種車的，我實在無法想像。此外還有AUDI、TOYOTA CROWN之類的大型車來勢洶洶地跑著。不過不管怎麼說道路狀況都接近最惡劣的狀態，車子全都隨自己高興愛怎麼開就怎麼開，行人也隨自己高興愛怎麼走就怎麼走。要能夠跟上那流勢走，還得花相當一段時間——話雖這麼說，我終於到最後還是沒辦法走過街。到目前爲止我雖然也到過羅馬、伊斯坦堡和紐約之類交通混亂的地方，但並不覺得有多不方便，還可以開車，然而中國都市交通混亂得格外激進，則眞的把我壓倒了。讓我啞口無言。在這樣的地方實在不想開什麼車子。

「爲什麼街上幾乎沒有紅綠燈呢？」我問中國人時「沒有用啊，因爲誰都不遵守紅綠燈嘛」。得到的回答一定是這樣。「如果大家都好好遵守紅綠燈的話，也不會這麼塞車了。」雖然大家都好像跟自己無關似地說，但誰也不願意主動開始去遵守。天黑了車子也不開燈（有的說是視力好，有的說是爲了節省電費），前面有人行步道也只警告式地按響喇叭而已，完全不降低速度，實在太可怕了，所以天一黑，我就留在飯店裡一步都不出去外面。而太陽出來的白天之間，街上到處都可以看到賓士車和腳踏車相撞的事故，和隨之而來連群眾都捲進去的大規模集體爭論吵架。

全世界的汽車公司，似乎都虎視眈眈地瞄準中國這個唯一還留下的大型市場，然而如果中國的大地上再增加奔馳的車輛數目的話，那裡將出現的恐怕是大得十百千倍不同位數的惡夢（與中國有關的東西大體都有以十百千倍不同位數差距的傾向）。因爲以現況就已經足夠稱得上「通常意味上的」惡夢了。然而從人們並沒有特別把這當做惡夢來掌握的樣子來看，這樣下去不久的將來，中國全土從越南國界到萬里長城爲止，都將被交通阻塞、大氣污染、香煙煙蒂和 Benetton 的廣告招牌所淹沒，恐怕可以說具有極大歷史上的必然性，這一點應該一定不會錯吧。

長春是過去滿洲國的首都新京，在這個都市我因爲有一點原因而決定採訪這裡的動物園。這所動物園以「新京動物園」（日僞時期稱呼）開設於一九四一年，然而因四五年蘇聯軍的侵入而關閉。然後就那樣變成形同廢墟般的公園，不過一九八七年在長春市當局手中再以動物園重建起來。現在正式稱爲「長春動植物公園」。動物主要有老虎、熊貓、犀牛、象、猿猴、斑馬等。但不知道是不是因爲開園還不久的關係，動物數還不很多。而且佔地實在很大，從一個動物區，跋涉到另一個動物區就相當累了。因爲我喜歡動物園，常常趁著旅行的時候順便到世界各地的動物園去，但看到「動物密度」這麼低的動物園，這還是第一次。如果要全部看完這裡的動物的話，會搞得精疲力盡。我們最後還是沒有找到熊貓的檻欄。問一個在途中遇到的年輕人熊貓到底在哪裡，他悵然地說「我也到處找了好久，都還沒找到呢」，所以這對本地人恐怕也很辛苦吧。

老虎養在相當廣闊的岩山般的地方，老虎看起來很悠哉很舒服，生活似乎過得滿好的樣子，不過觀賞的一方不得不離得遠遠地眺望，如果不用望遠鏡的話，老虎的模樣只能看見小得不合理的程度。然而繞到後山一看，卻豎立著「抱虎照相」的看板，心想這是怎麼回事時，原來是「可以幫你拍抱著小老虎的相片」。一問費用，說是如果用自己的相機拍的話只要十元就行了。十元的話總之是一百三十圓左右。雖然有不入虎穴焉得虎子的諺語，然而只要拿出一百三十圓就可以不入虎穴而抱眞正的虎子了，所以太厲害了。果然這是中國啊。

不過飼養員帶來的「虎子」，我一看倒有一點慌起來。遠比我想像的大。我原來估計頂多了不起像大一點的貓左右吧，結果眼前竟然是如假包換的小型老虎。手腕也比我的手腕粗得多。虎牙也確實成熟地長出來了。要是被咬的話很可能會咬得皮破血流吧。「喂！眞的要抱這東西嗎？」我想，可是既然是自己說出口的，事到如今又怎麼可以退縮回來呢。我問飼養員「會不會咬人？」但他直說「沒問題，不用擔心」。不過以我在中國短暫停留的經驗來說，中國人嘴裡說出來的「沒問題，不用擔心」，卻往往令人非常擔心。實際抱起來，果然不出所料，老虎把頭轉了過來，一副要咬我的樣子。「特地跑來中國如果竟然被老虎咬的話，也未免太遜了吧」，我一面想，一面拚命使勁從後面抱緊正在粗暴掙扎扭動的老虎，讓人幫我照了相。雖然我在土耳其的深山裡被庫爾德族(Kurd)的游擊隊包圍時，和在墨西哥看見像是被槍射死的屍體般的人體時，確實也很害怕，不過抱著這隻老虎時眞的也相當害怕。看當時拍的相片，臉上表情簡直扭曲僵硬極了就可以知道。說到中國的動物園，就像其他中國的各種東西一樣，遠超過我們想像中的 radical（激進）。我覺得一點都不含糊。

據說這隻老虎生下來才兩個月（眞的嗎？我覺得以兩個月來說，好像有點太大了），好像還沒有取名字的樣子。我問「有沒有名字？」結果被白了一眼，好像說「你是傻瓜啊？老虎幹嘛要——取什麼名字呢？」的樣子。我眞搞不懂，在中國動物園的老虎難道不用給牠取名字嗎？不過我記得熊貓確實是有取名字的。

這動物園的建築物整體上很舊，看來簡直像廢墟一樣，所以我問動物園的職員「設施是不是還繼續使用戰前留下來的？」結果據說「不，這是重新開園時，把以前的毀掉全部重新做的。」然而我怎麼看都不覺得這是七、八年前做的東西。不但鋼筋水泥建築物的牆壁好像經過歲月洗禮過似的悲哀地泛黑，而且到處是令人聯想到李爾王滿臉皺紋的深深裂痕，還有些地方已經倒塌一半了。我聽了啞口無言時，那個人爲了證明過去的建築物已經毀掉了，於是帶我們到過去的虎檻去。那裡確實留下昔日水泥建築的基礎。這樣說或許有點那個，不過那被破壞的五十年前的水泥建築的基礎，看起來好像比七年前才新建的水泥牆壁顯得更新而且堅固得多的樣子。

我在中國許多都市旅行深深感覺到，中國的建築師似乎擁有使剛剛建好的建築物轉眼之間就顯得像廢墟一般的特異才能的樣子。例如走進以外國人爲對象的高層飯店時，當然不能說全部，不過我們在那裡頭還是可以看到許多荒廢的地方。電梯的板子像舌頭伸出來般剝落了一半，天花板的角落開了一個用意不明的洞穴，浴室的把手掉落了一半。檯燈的脖子折彎垂了下來，洗臉台的栓子消失不見了。牆壁被漏雨染成像心理測驗般的滲透斑紋。我問說「這是老飯店吧？」得到的回答卻是「不，不，這是去年才剛建好的噢」。到底在什麼地方如何生出這樣的才能，並普及到全國去的，我不敢確定，不過長春動物園恐怕也是經由這樣的建築師之手所建的則不會錯。

不過這所動物園相當有趣。也可以問職員「日僞時期」的事情。因爲實在太廣闊了，有很多茂盛的草木，參觀的人又少，所以當然年輕的情侶很多。全世界到處都一樣，這些人看來都很快樂，在長春這裡自然也不例外，大家都忙著做快樂的事了，會特地花錢去抱兇暴老虎的瘋子大概只有我一個吧。

在哈爾濱時，雖然不情願也弄得只好走一趟醫院。我在坐「硬座」時，因爲坐在對面的年輕男人讓窗戶一直開著，灰塵吹進我眼睛裡（不過這個人很親切，我下車時隨身聽的電池遺忘在座位上，他還特地跑來送還給我）。我那時候在中國旅行還是初次經驗，所以還不知道不可以朝著進行方向坐在窗邊的這個鐵則。中國人實在眞輕鬆地往窗外丟所有一切的東西，打開車窗坐在窗邊時，便會遇到意想不到的災難。啤酒瓶啦、橘子皮啦、雞骨頭啦、痰啦、用手擤的鼻涕啦、各種東西都紛紛從窗外飛過，搞不好就會因此受傷，遇到非常悲慘的下場。灰塵跑進眼睛裡或許還算是好的。話雖這麼說，但眼睛卻痛得睜不開來，所以只好到哈爾濱車站附近的鐵路中央醫院去。

建築物應該說是很有威嚴吧，總之非常古老。診療手續則極其簡單，在掛號處寫出名字後，就立刻被帶到眼科診療室去，在那裡被一位武鬥派肌肉結實的中年女醫師哇啦哇啦莫名其妙地一面大聲怒罵（雖然我想並不是只要大聲喊叫，中國話就會通的）一面幫我洗眼睛，把灰塵洗出來。簡直像被送進「戶塚帆船學校」裡一樣，相當可怕，不過只要能夠忍受得了這個的話，等待時間零，還有眼藥可以領，費用才三元（四十圓左右）。總之什麼都沒話說，壓倒性的便宜。我覺得好奇怪「為什麼診療費這麼便宜，醫院卻空蕩蕩的沒什麼人呢？」我試著問中國人時，照例又回我〈問什麼問？你又來了！〉一副非常見怪懷疑的臉色。說「這樣還算空嗎？噢。就是這樣啊。因為中國人是不太愛上醫院的。」眞的是這樣嗎？要是在日本的話，醫院大多都是客滿的，一有什麼不對勁去看醫生時，都要在候診室裡等一整天。經驗過一件又一件各種事情之後，我越來越不了解所謂中國這個國家了。

這一天到了傍晚，我的眼睛又突然激烈地痛起來。灰塵雖然取出來了，但似乎得了輕微的結膜炎的樣子，眼瞼內部扎扎的，眼淚流個不停。於是這次到哈爾濱市立醫院去。在那之前先到松花江附近名叫「人民解放軍醫院」，正面立有毛澤東巨大銅像的嚴肅醫院去（因爲就在這家醫院旁邊眼睛開始痛起來的），但因爲這家醫院五點診療時間就結束了，所以才被轉到市立醫院去。市立醫院的眼科主治醫師是像比石田鮎美被折磨得更疲累，感覺很倦怠的，也是中年女醫師。這個人幸虧比前面那個醫師安靜多了，完全不可怕。同樣爲我洗了眼睛，給我眼藥和軟膏，這裡費用同樣也是三元。這似乎是中國這個地區治療眼睛的共同行情。最後她以如同文革時代一直保留到現在似的，一副怪寂寞的笑臉安靜地說「只要睡覺前擦這軟膏，很快就會好的」。這家也是空蕩蕩的不必等候。

以我的經驗來說，尤其光是有關眼科治療方面，中國的醫療情形似乎相當良好。便宜、快速、高明（至少不差）。不過其實中國的醫院，說起來氛圍暗得可怕。比起日本的醫院，雖然照明本身物理上的暗或許也有關係，但整體上那裡頭卻深垂著卡夫卡式的沉重苦楚。也許一不小心打開某一扇錯誤的門的話，深處就會擴散出某種中國式千百倍不同位數的情景也不一定，我忽然感覺到這種超現實的畏懼。取出眼睛的灰塵這種小事還好，我實在鼓不起勇氣爲了比這嚴重的病，而太長期在這裡受到更周全的照顧。

從新巴爾虎左旗到
諾門罕的路上

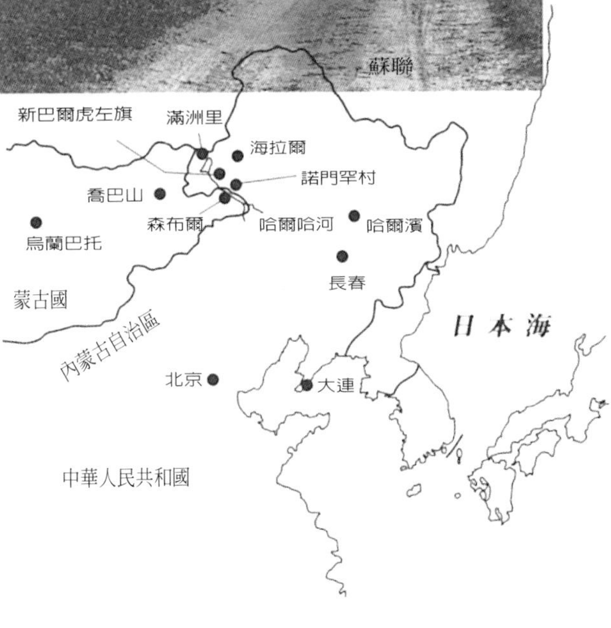

從海拉爾到諾門罕

從哈爾濱再搭火車往海拉爾前進。這次坐的是所謂「軟座臥鋪」這種中國火車中最高級的席位，因爲採取完全預約制分開隔間的臥鋪席，所以和前面所坐的不同，移動極爲輕鬆。不會因爲上個廁所，位子就被別人佔走了。沒有小孩在地上尿尿。傍晚上了火車，就悠閒放鬆地一面喝著奇瓦士威士忌(Chivas Regal)，一面讀愛拉力・昆的《希臘棺材之謎》，睏了就躺下來，醒來時已經到內蒙古了，就這樣子。勉強要說有什麼問題的話，只有附的枕頭顏色未免太花俏了，還有在同一間臥鋪共度一夜的是年輕的別人的太太，不過這也沒什麼大問題。廁所雖然照例狀況逐漸變壞，這也照例唯有放棄沒有別的辦法。服務員爲我們拿來裝了大量開水的水壺，於是我拿出帶來的青山「大坊」咖啡豆在房間裡泡咖啡。在中國您知道(或許不知道)所謂香濃咖啡是不存在的，所以只好自己帶材料和道具來泡。

一進入內蒙古，週遭的風景便完全改變。原來是一望無際無限延伸一片平坦的綠色平原的，早上五點醒來打開窗簾一看，已經進入山中了。是大興安嶺。經過幾個車站，通過幾個鄉鎮。早上好像很涼，雖然是七月很多人還穿著外套或大衣。在車站的人們長相也稍微不同。中國東北部的人膚色有一點黑，眼睛凹陷臉瘦長，大多個子高，到這一帶來之後逐漸變成蒙古系的長相。整體上臉比較圓，臉頰骨比較高，多半是有一點扁平感覺的臉形。還有穿的衣服顏色，變成像民族服裝般鮮豔。很多男人穿著騎馬裝似的長靴。

到目前爲止，窗外一直是一望無際的，單調得令人快要厭煩的完全平坦的綠色田園無限延伸，然而一進入山裡之後，那樣的田園風景卻一下改變，草原的各處開始出現牛和豬的蹤影。拿著棒子代替皮鞭的小孩，在趕著豬群不知道正要移動到什麼地方去。水塘裡家鴨正在戲水。在一個叫做牙克石的車站有好多人一起上了火車。不知道爲什麼，有一個搬著腳踏車想上火車的男人，突然被警察逮捕，並劈哩啪啦用拳頭亂打一番之後就帶走了。

據翻譯的人說（我和松村君大體上總是自己隨便任意旅行的，這次採訪則因爲受訪方面的原因而由翻譯陪同），這牙克石城因爲林業勞動者多，結果人們個性也相當粗暴，據說文革當時相當多人在這裡被殺。雖然我沒有問到底死了多少人，不過中國人都說「很多」了，所以一定眞的很多吧。想到這裡從車窗往外看到的風景好像顯得很荒涼的樣子。

城外擁擠地排列著一排排貧窮的磚造小房子，每家屋頂都聳立著電視天線。因爲房子都是一樓的建築，所以好像立著長竹竿然後在那上面裝天線一般，看起來就像是原來密生的雜木林變成赤裸裸的樣子。雖然並沒有什麼特別奇怪的，但看起來還是有點說不出怎麼奇怪的光景。那種氛圍和日本住宅大廈陽台排列的衛星收視天線很類似。資訊這東西讓我感覺像變形蟲一樣，眞的因場所和狀況而採取各種形式出現。說是「一個村子只要裝一個大的共同天線就行的，但中國人卻不會這樣做。大家喜歡各自隨自己的意思做」。日本也不能說這跟自己無關。

一旦進入內蒙古之後，接下來的是大致相同光景的連續。放牧的牛和豬，紅磚房子的小村莊，朝向碧藍的天空吐著白煙的某種工廠煙囪，電視天線叢生的村落，偶爾有河川流過，有騎著腳踏車正等著平交道欄杆打開，可能正要去工作場所，臉頰紅潤看起來年輕有勁的女性們。有站在鐵路沿線，只是安靜盯著列車通過的老人。車站的建築物上和漢字並排寫著像翹鬍子般的蒙古文字。

到了早上，住同一臥鋪的太太的先生（大約四十歲左右）進到我們的臥鋪裡來。據說他是在與俄國交界的滿洲里做私人生意的，現在正要帶著妻子和幼兒回到那裡去。他從中國帶俄國人需要的東西去，再從俄國帶中國人要的東西來。要說單純，也眞是很單純的經濟行爲，不過生意似乎不壞。雖然看起來並不是多麼有錢，但一等臥鋪的車票錢對他好像不成問題的樣子。他很睏地說想買票但臥鋪已經客滿，無論怎麼樣都只能買到一人份的位子，於是他和醒來的太太交換位子，鑽進床上去便呼呼地睡了。我們在海拉爾下車時，他還在熟睡著。下車時，我忽然想到這個人以往到底走過什麼樣的命運，往後又將遇到什麼樣的命運？並被一股願望所襲，想繼續跟他到滿洲里，而且越過國界一直跟到俄國去，——看遍他做各種事情。我時常會被這種毫無道理的好奇心所迷住。但是當然不可能這樣——因此我只好放棄，在海拉爾下了火車。

海拉爾這地方，有點令我想起開拓時代的城鎮。大概是道路寬闊，有點風塵僕僕的感覺，天空高高的，建築物多半是平房的關係吧。而最主要是因為，通過的行人們的模樣，好像總覺得散發著一種野性風情似的。和因經濟成長而突然興旺起來的大連（「以北方香港為發展目標」）及長春都不同，這裡幾乎沒有賓士汽車奔馳，也沒有Marlboro的廣告牌。簡直像時鐘的針倒走了五、六年似的，腳踏車的數目多了好多。從沿海一來到內陸，經濟狀況的差距相當明顯。不過和這好像成反比例似地，天空則變得更藍，空氣也逐漸變清潔。

海拉爾雖然是內蒙古自治區的城市，但市區內住的大半不是蒙古人而是「漢人」。蒙古人和其他少數民族則聚集在市外的一些地方住。歷史上後來遷移進來的漢人們，掌握了地區的實權。不過蒙古人和漢人由於長期間的相互混血，結果使這地方人的相貌和走路姿態，都顯得和我這一路來所看到的「本土」中國人相當不同。海拉爾雖然是開放都市，但這裡並沒什麼歷史性古老建築物，也沒有所謂的名勝古蹟，因此如果以觀光目的來這裡造訪的人，可能會苦於不知道如何排遣時間。實際上會來走訪這個城市的外國觀光客，說起來好像只有舊滿洲國時代曾經住過這裡的上了年紀的日本人。

海拉爾唯一像樣的觀光設備，幾乎只有城外小高山上名叫「望回樓」的展望台而已，我們登上那裡看看。據說這是三年前建的，然而和近年來所見的中國建築物一樣，照例已經輕度化爲廢墟，牆上開始有裂痕出現，天花板開了一個不知道什麼用意的洞。與其從展望台眺望街上，甚至不如眺望展望台本身來得更意味深長。不過總之從那裡可以遠遠地一眼望盡整個市區。就在展望台的腳底下，排列著與舊關東軍有關的古老磚造建築物。

關東軍爲了防禦蘇維埃軍的侵略攻擊，在海拉爾郊外山上建立了號稱「海拉爾城」的大規模地下「永久」要塞。以便阻擋蘇維埃的強力機械化部隊，打算在這裡展開長期抗戰。軍方強制徵召中國勞動者來建築防禦工事，在施工過程中，由於苛酷的勞動條件而使許多勞動者喪命。而且好不容易苟延殘喘活下來的人，在要塞完成時，又爲了保守機密（也就是滅口）而被集體殺害了。在這山區附近有集體丟棄屍體的萬人塚，在那裡又掩埋了大約一萬個中國工人的屍骨——在海拉爾爲我們導覽的人這樣說。「日本軍隊用鐵絲貫穿工人的頭，把他們帶到那裡殺死。挖出來時，頭上的鐵絲還附在上面，全都化成骨頭了」。從山上看起來，綠色草原上確實只有那個部分還依然留下露出泛白的土丘形成一座小山似的。他所說的到底多少是正確的歷史事實——眞的有一萬人被殺的事嗎？——當然我在這裡沒辦法確實證明，不過至少住在海拉爾的中國人到現在似乎還明確地相信這是歷史事實（我在當地從多數人聽到內容大體相同的說法），我想畢竟那才是最重要的事吧。在戰爭中從日本軍隊在中國其他地方所做的實在爲數太多的狂妄行爲來類推，這種事確實（或有極高機率）也曾經發生在這裡，當時死掉的中國人的人數，例如就算是一萬人也好，五千人也好，兩千人也好，並不因爲這數字的不同，現在擺在眼前的事態，本質上就會有多大的改變。

我們也特地走到前面所提過的祕密要塞去看看。與其說是山不如說比較接近小高丘，從那頂上到處挖了縱橫無數的穴道，把這座山變成像螞蟻窩似的一個完整要塞般壯大的東西。在和緩山腹部現在還到處留下半崩塌的深深防戰車壕溝。由於要塞是計劃要徹底保持機密的，因此像迷宮般的地下通路到底延伸到什麼地方，那全貌據說現在依然尙未解明。水泥爲了能耐得了任何激烈的砲擊、爆破，因此想必建得極爲厚實，加上到處都有極牢固的鐵門堵住去路。據說因爲無論用盡什麼手法都無法打開那些鐵門，所以沒辦法只好任由當時的樣子一直留到現在。我也拿著手電筒稍微進去裡面看看，但裡面完全一片漆黑，空氣像冰室般冷得徹骨。據導覽的人說，要塞裡從醫院到糧食倉庫，凡是抵抗長期圍城所需的東西好像全都一應俱全的樣子。很久以前，在東西德尚未統一前的東柏林，我也曾經去參觀過納粹所建的地下要塞。那也是爲了抵禦蘇俄的戰車部隊，同樣也建在小高丘上，赫爾曼・葛林自豪地號稱「難攻不落」的極壯觀堅固的要塞，但結果卻完全沒派上任何用場。正如歷史所證明的那樣，這個世界上根本就沒有所謂難攻不落的東西。

走在要塞上的地面時，好些地方有像換氣孔般的殘骸，我往裡面伸頭探看。據說一九四五年夏天，越過國界從滿洲里方面侵攻過來的蘇俄第三十六軍，以四百輛戰車也沒辦法攻下這堅牢無比的地下要塞，於是從換氣孔往地下注入瓦斯。並將出口塞住，展開徹底的殲滅戰。

我在中國內蒙古這邊，和在蒙古國那邊同樣最感到驚訝的是，第二次世界大戰和諾門罕戰爭的痕跡，所到之處依然保持和當時幾乎沒有改變的樣子，還殘留了下來。而且並不像日本的「原爆Dome」一樣，是爲了特定目的而「保存」，只是不去管它而任其留在那裡而已。這在日本是有點難以想像的。因此眼前實際目睹這樣的情景時，不禁感慨「原來如此，試想一想，戰爭結束也只不過五十年而已。說起來五十年也只不過是前不久的事而已啊」。

雖然生活在日本，所謂五十年這歲月幾乎就像是永遠那麼久了。

從海拉爾搭上嶄新的Landcruiser（據說，要弄到這車子可眞不容易喲），到叫做新巴爾虎左旗的地方去。所謂旗是自古以來就有的蒙古行政區，這地方管理該旗的行政。這裡是所謂的未開放地區，沒有政府的許可外國人不能進入，照相也相當受限制。因爲是在這樣的地方所以當然也沒有什麼旅館，因此他們讓我住在解放軍的「招待所」（軍方關係訪客的接待場所）。由於是軍方辦的，因此完全沒有待客熱誠，一直到傍晚都沒有給我們水喝。走廊的門前，感覺有點像電影《巴頓芬克》的一幕般，排列著一排色彩鮮豔的痰盂。廁所雖然是沖水式的，但卻沒有水流出來，因此都還依然留著大便，宿命性地四處散發著那臭氣。起初進入建築物裡時，就覺得這裡好像有巨大公共廁所的臭味的模糊印象，這也是當然的——雖然這麼說，其實來到這裡時，這種事情我已經不太介意了。

從海拉爾到這裡來，開Landcruiser花了大約四小時左右。道路(不如說是可以視爲準道路的地方)是穿過一望無際沒有任何東西的草原，路況相當糟糕的惡路，一路上不停地上下震動，當然對內臟不好。司機對來往於這條路好像極其習慣的樣子——世上有各種人生——一面東閃西閃地躲過地上的大洞，一面以時速七十公里左右讓Landcruiser飛奔著。雖然大多的洞都閃過了，不過也常閃避不及，於是咚隆一聲腦袋就撞上車窗、或猛一下咬到舌頭。這樣持續四小時之久，實在受不了。不過後來才終於明白，這個程度的事情，只是我往後要嘗的許多苦頭和折磨的小小序幕而已。

新巴爾虎左旗是比海拉爾這城市更加原始而野性的地方，你只要想像出現在電影《原野奇俠》中開拓者的鎮上（傑克・帕藍斯用槍無情地射殺農民的塵土飛揚的鄉鎮）就行了。只有一條未鋪柏油的寬大道路，筆直延伸在鎮上，兩側排列著乾乾巴巴瘦瘦小小的落沒建築物。車子變少了，騎馬的人明顯增加。人們的服裝變得更鮮豔，動物們也不怕生地在旁邊徘徊著走來走去。雖然從中國「本土」到蒙古自治區的海拉爾時，人們模樣的變化已經使我相當吃驚了，而從海拉爾到這裡來，又再更加深一層，感覺好像來到另一個世界了似的。

首先第一點，說出來雖然不大適宜，不過這地方走在街上的人，怎麼看都不太平常。他們的臉和過去旅行中所見到的農民系的臉完全屬於不同的世界。這毫無疑問是採集遊牧系的土地，住在這裡的人總有一點這種眞實感。也許過去不太有看到外國人吧，我們一出去外面時，他們便一直一直盯著我們瞧。感覺上那裡頭幾乎不含有任何感情的樣子。與其說是爲稀奇而看，不如說比較接近單純只爲了是異物而事先看起來（雖然不至於採集吧）。也許並沒有惡意，但這種事情我無從知道。不過被人家看得臉像會開個洞似的實在不太舒服，而且如果看的對方是士兵的話，「這有點危險」的氣氛就更加強烈。人民軍的年輕士兵大多一副衣冠不整、襯衫不扣、帽子斜戴、叼一根香煙，所以看起來實在很像以前日活電影中出現的小流氓。

出了這不能算多溫暖親切的新巴爾虎左旗街上，又繼續在同樣凹凸不平的路上開了三小時左右朝諾門罕村前進。據說一下起雨來道路就泥濘不堪，輪胎都會陷進去變得實在無法通行的地步，不過雖然是雨季，幸虧我們沒遇到雨。但是試想一想，人家用吉普車載我們，還囉里囉唆地抱怨路況惡劣，本來就太奢侈了，讀一下紀錄，在諾門罕戰爭中參戰的日本士兵多半都是從海拉爾千里迢迢，全副裝備，徒步行軍在國界地區約二百二十公里（也就是大約從東京到濱松左右的距離）的荒野中。這需要有非常的體力，和非常的持久力，聽到這樣的情形不得不佩服從前的人眞不簡單。不過據說「通常所期待的步兵行軍速度是一小時六公里」（庫克斯《諾門罕》），因此那樣的行軍如果不休息地連走四、五天的話，不管身體多強壯，幾乎在進入戰鬥之前，應該已經達到精疲力盡的極點了。何況他們在一望無際的草原正中央，已經爲慢性飲水不足而煩惱，想必眞的是非常嚴重的情況。因爲連搭車行走都這麼單調無聊的路程啊。但以實際問題來說，當時的日本軍，即使徵召調用民間車輛，光用來輸送士兵都沒辦法湊齊足夠的汽車，所以也沒辦法。巧婦難爲無米之炊。和徹底建立好補給通路之後，才展開有組織攻勢的蘇俄軍隊，對戰略的發想本身就根本不同（這是我到了蒙古那邊之後再度實際感覺到的）。在書上讀到的只寫著「＊＊部隊從海拉爾徒步行軍到國界邊境」，讀者也只能以「是這樣啊」的知識來認識而已，實際上到現場一看，面對那行爲所意味的現實上的淒絕殘酷，不禁啞然無言，而且深深體會到當時日本這個國家是多麼的貧窮。日本這個貧窮國家爲了生存下去，竟然在所謂「維持生命線」的這個大義之下，侵略了中國這個更貧窮的國家，試想一想眞是無可救藥。

說到親身感覺的話，在當地昆蟲的攻勢也很嚴重。有風吹著的時候還好，一旦草原上的風停下來時，或一進入風吹不到的地方時，所有各種昆蟲便以人爲目標一起蜂擁上來，蒼蠅、蚊子、虻蟲、羽蟻，還有其他各種不知名的長了翅膀的蟲子，便以你爲目標群集到你身上來，密密麻麻的讓你的衣服都變成漆黑一片。進入七月，草原上常下雨，結果所形成的水窪便產生大量的蟲子。當然蚊子是毫不客氣地往你的皮膚上扎。那種不快感是筆墨所難以形容的。即使天熱也必須戴帽子、穿長袖衣服和長褲，戴太陽眼鏡，把毛巾一直纏到嘴邊，如果不做這種令人懷念的全共鬥式裝扮的話，在這裡實在很難活得下去。

在諾門罕展開拉鋸戰時，正好也和我們造訪當地時是同樣的季節，士兵們同樣也爲昆蟲所惱。日本士兵因爲準備有攜帶用的蚊帳受害還算少，蘇俄軍的士兵因爲沒有準備蚊帳所以紀錄上也留下遭遇很慘的記載。果然連蘇俄軍隊對於夏季蒙古草原上戰鬥的知識，也沒有研究到那麼徹底的地步。不過在孤立的場所負了重傷的日本士兵們，則爲無數的蒼蠅所惱。「普通的銀蠅，從卵到變成蛆要花三天時間，但這諾門罕蠅的卵，卻不到十分鐘就變成蛆了。簡直只能想成奇術之快。蛆眼看著爬滿屍體之上，從柔軟的部分開始腐蝕下去。這不僅對死者而已，對負傷者也一樣」（根據伊藤桂一所著《靜靜的諾門罕》）。我在讀到這文章時也感到相當恐怖，實際來到這裡被蟲子猛然撲襲時，那種恐怖就更具眞實感了。

諾門罕這地方是個很小的聚落，不久以前還是人民公社，現在則以som的單位，也就是普通的村（現在人民公社已經完全不存在了，就像已經沒有人穿人民裝一樣）。據說正好就在這同樣的季節，住在諾門罕村的人們便帶著家畜遷移到夏季的野營地去，只有像管理者般的人和他的一家，還有孩子們留下來管理村子。也就是所謂負責看家。村子空空的，渾身是泥的黑豬在大水窪裡泡著水。照相機轉過去時，孩子們便像小蜘蛛般地哇一下四散逃走。即使從老遠用望遠鏡頭對著他們，也確實知道要拍照。「他們眼力不是普通的好啊」攝影師松村君都好佩服。這麼說來，一進入蒙古地區幾乎沒看到戴眼鏡的人（總不可能所有眼睛不好的人全都戴隱形眼鏡吧）。

村子裡有個小小的戰爭博物館，裡面陳列著像是日本軍遺物般的東西。從槍械、水壺、罐頭、到眼鏡之類的，所有一切的軍裝品都放在陳列櫃中，簡直像小學裡的失物招領櫃一般排成長長一排排的。「越過國界的蒙古那邊也有同樣的博物館，不過那邊的東西規模大得多，展示的東西也比較像樣噢」導覽的人這樣說，後來去看時確實正如所說的那樣。其實從這裡到國境邊界眞的是近在眼前而已，然而遺憾的是不能穿越過去。雖然沒有鐵絲網或圍牆之類眼睛看得見的國界線，因爲望眼所及沒有任何遮攔的東西，草原上也沒有可以逃走隱藏的地方，所以越過國界的人立刻就會被好眼力的蒙古軍監視兵發現而立即逮捕起來。因此並不需要特地裝什麼鐵絲網。

天一黑，天空便被壓倒性之多的星星所覆蓋。夏天黃昏的草原光景，眞是美得令人窒息的程度。不過一想到，就是在這塊幾乎沒有水，完全不能耕作，又到處是蟲子的土地上，五十五年前人們在這裡展開浴血激戰，數萬士兵在這裡被射殺、被用火焰放射器燒死、被戰車的鐵輪碾碎、因砲擊而被活埋在崩塌的戰壕裡，或爲了避免被俘虜而自殺，此外還有比這加倍的人身負重傷，失去手或斷了腿，想到這裡心情不得不黯淡起來。這一帶本來是遊牧民族帶著牲畜隨著季節到處遷移的「不屬於任何人的」土地。在這裡不得不進行戰鬥的唯一理由，幾乎可以說是軍方的面子，和「碰碰運氣」的冒險主義式迷思而已。至於那些不得不遠離故鄉，卻弄得滿身爬著蛆，在痛苦不堪中逐漸死去的青年們來說，我相信一定是死也死得不甘心的。

那天夜裡在諾門罕村裡接受招待羊肉和白酒，我有生以來第一次醉得不省人事。記憶完全撲斥地中斷掉。據說那白酒的酒精濃度大約有六十五度，而我喝了那不加冰塊不對水的純酒四、五杯，因此實在受不了。醒來時已經是第二天早晨，躺在新巴爾虎左旗宿舍的床上。由於那後遺症，接下來雖然經過將近一個月的現在，我除了啤酒之外幾乎不能喝——不想喝，眞是處境可憐。慘到這樣的地步。

在蒙古軍駐屯所前拍照留念。
右二為僑格曼特拉中尉（我猜）
和他的兒子。

熟知草原的那姆索萊中校（我猜）。

從烏蘭巴托到哈爾哈河

從諾門罕村到蒙古國境雖然近得伸手可及的程度，但遺憾的是不能從那裡越過去——前面已經寫過了。雖然有很長的國境交界線，但現在從中國要進入蒙古的途徑只有少數有限的幾點，而且是除了利用飛機之外，明白說是接近「非現實的」的狀態。只今年七月初的幾星期之間由於特別處置，新巴爾虎左旗一帶的國界開放，當地人許可來往，得到這樣的消息我好高興，心想「眞幸運」，然而就在正要前往時，卻沒有任何說明——這種事似乎是這裡經常有的類型——忽然無緣無故便延期了。中國和蒙古的關係近年來已經改善很多了，因此爲什麼兩國之間的通行還依然任其這樣極端不便，想想眞是不可思議。

雖說是處於友好關係，但我想像現實上，由於兩國經濟實力壓倒性的差距，或許蒙古方面恐懼中國（漢人）的急速經濟進出，又因爲夾著國界被人爲性「拉線分割」狀態下蒙古民族的團結，也使中國方面畏懼蒙古民族融合傾向的高漲，因此雙方對交流的進展都分別踩了煞車。可以想像這一帶的政治重組或許正在急速進行中，我祈禱這不要變成「東歐斯拉夫三小國式」的因民族和宗教不同而分裂的悲慘結果。（因爲我在內外蒙古所遇到的人都是一些好人）。無論如何勉強阻止自然趨勢的這種維持現況(status quo)的狀態，大概不會維持太久吧。

因此，我從北京搭飛機進入烏蘭巴托，轉飛機到喬巴山，從那裡搭吉普車到哈爾哈河，路遠迢迢地橫越廣大草原才終於到達的地方，就是三天前所在的諾門罕村的正對面，因此實在說不出話來。不過也要託繞這一趟遠路的福，才使我能夠實際親自深深體會到蒙古草原的廣闊無邊。所謂橫度蒙古草原到底是怎麼一回事，或許讀者無法適當想像也不一定，以爲只不過像是搭一艘小小的遊艇橫越廣闊的海原一樣就行了吧。從喬巴山的城裡到哈爾哈河爲止，距離上大約三百七十五公里。說到三百七十五公里大約是從東京到名古屋左右，道路當然是很糟糕的惡路，加上途中的用餐和休息居然足足花了十小時。在那之間錯車經過的車輛數目，也只有數得出來的少。周遭眞的非常平坦，一眼望去無邊無際全都是綠色草地的繼續延伸。以實際問題來說，把這想成海，感覺上還比較容易瞭解。無休無止凹凸不平繼續不斷的上下震動，倒也很像坐在小船上乘風破浪的感覺。

跟海不同的是，偶爾可以目擊野生動物的身影這一點。既然叫做草原，草確實很豐富，但因爲附近並沒有聚集起來的水，因此適合放牧的地區相當有限，除了貝爾湖附近以外，根本看不見家畜的影子。相反的，因爲幾乎也沒住人，所以只有各種野生動物與人無關隨心所欲地生活著。一路上目擊許多馴鹿、蒙古鷹、鶴、狼、大野鼠、兔子……還有其他各種各樣不知名的動物。如果有電線桿的地方，上面可以說一定停著有巨大的蒙古鷹。爲了尋找食餌而以那銳利的眼睛睥睨著周遭。這一帶是蒙古話所謂「多爾諾多（東方）」的區域，除了像這樣空曠的草原之外，沒有其他任何可以看的東西。因爲據說多爾諾多的草原以前是海底，因此常常可以發現海洋生物的化石。標高在蒙古境內是最低的，夏天非常酷熱。人口只有九萬人，和這比起來家畜的數目卻有二百萬頭，指南書上這樣寫著。專程到這樣的區域來走訪的好事的外國觀光客，當然不太多。說得更清楚一點是幾乎沒有。

本來這個區域在軍事上就擁有特別重要的意義（與中國、蘇俄兩國的國境相接），或許因爲這樣，交通比我預料的方便。從莫斯科可以直接開火車進入縣城喬巴山，這條鐵路路線，在諾門罕戰爭、和侵略滿洲的時候，被極有效地利用過。從喬巴山到「滿蒙」國境附近的塔木斯克基地，過去好像鋪設有補給兵員和軍事物資的專用鐵道，不過那些現在已經不存在了（至少我們是聽到這樣的說明）。總之尤其有關後勤方面，蘇俄軍與關東軍恰恰相反，愼重得可怕地計算後才採取行動。對蘇維埃來說歐洲戰線和遠東戰線之間，如何使用鐵路有效而迅速地裝備兵員起來，是軍事上最重要的事項。而且爲了整備這體系而傾注了全力。無論如何都要迴避歐洲和遠東兩方的正面作戰，巧妙地籌畫安排一次解決一邊——這是蘇維埃的絕對基本方針。因此諾門罕戰爭結束後，蘇維埃立刻侵襲波蘭，而在一九四五年的八月（德國投降的三個月後）他們又侵襲滿洲，基本上是一點也不奇怪的。

在諾門罕戰爭、對日戰爭之後，因改革路線近年已打破了和蒙古的軍事協定，在那之前蘇維埃軍在這附近駐屯了相當大規模的部隊，因此喬巴山的機場，在蒙古的機場中都算稀奇的鋪有像樣的跑道——雖然多少有些裂紋。沒有什麼機場建築物，下雨時不得不撐個雨傘耐心等候，總不能要求太奢侈。我們所搭乘的俄國製小型雙螺旋槳飛機的行李室放著一口棺材，這種事情也抱怨不得。

在這裡陪我們擔任導覽的是蒙古軍的現役士官。爲什麼軍隊要特地爲我們當導覽呢，我也有點不解，結果是基於擔心「不希望外國人在國境邊界一帶隨便亂走」和「有美金導覽費可以收」這實際利益，可能是那兩大原因吧。也就是對軍方來說，既可以賺外快，又可以監視。蒙古現在既沒有像樣的產業，國際通用的貨幣又強烈不足，因此每有旅行者來時，在所有的地方都貪得無厭地要求美金。很遺憾這個國家的旅行業，與其努力增加旅客人數，不如說還停留在從少數旅客身上盡可能剝取更多金錢的階段（就像不久以前的中國一樣）。但反過來說，只要拿出美金來，大多的東西都買得到，大多的事情也都辦得到。

老實說，關於這次採訪，蒙古的旅行社向我們要求了令我們感到「咦？」程度的相當高額——話雖如此也只是以蒙古物價水準來說——的錢。不過在現實問題上，除此之外能代替的選擇途徑是零。以前也聽過，以私人資格包吉普車去多爾諾多國境地區的人，在當地到處被國境警備軍隊極險惡冷淡地驅逐追趕，而且既然特地花時間費事地來採訪，如果遇到那樣的事情也未免太難看了。既然如此不如多少花一些錢，一開始就由軍人陪著，帶我們去，反而比較聰明，事情於是就這樣定案。雖然老實說並不是很舒服的做法。

爲我們擔任導覽的名叫僑格曼特拉，戴著太陽眼鏡，略帶拘謹地接待我們。他大概是中尉——因爲有兩顆星，所以我推測是中尉——另外跟著一位專屬司機是名叫納森賈格爾的大叔（他可能是中士左右）。吉普車是沒什麼可愛也沒什麼可挑剔的俄國製軍用吉普。雖然是四門的，但前面和後面的窗子都打不開（能開的只有三角窗），加上車內堆著幾個汽油桶，所以非常臭，雖然如此大家還噴雲吐霧地猛抽香煙。不但危險，而且空氣悶、呼吸非常難過。乘坐的舒服度和性能跟三菱的Pajero比起來，差距簡直像全自動洗衣機和洗衣大鋁盆之差。總之不得不在那樣的車上單程坐十小時以上，所以眞想順口咒罵也難怪吧。

不過以當地人的日常代步工具來說，與其日本製的帥氣四輪驅動車，似乎更喜歡這種單純而粗魯的車子。因爲道路狀況幾乎各方面都是破滅性的，因此「有固然方便一點，不過沒有也好」（也就是說現代的高度資本主義中最大的商品）最好不要附設各種東西，這樣故障比較少，也比較容易使用。完全沒有自己的手無法施展的黑盒子似的東西，一切也都露出來，因此如果有什麼地方故障的話，便可以親手簡單的修理，對汽油、機油、散熱器液等，規格品牌也不必奢侈地要求指定這個那個的。只要那邊有的東西什麼都可以——小便也好燒酒也好——反正只要加進去就能跑到目的地的那種車子。在草原正中央嚴冬裡突然車子故障的話，搞不好人就那樣死掉也不一定，眞的是很嚴酷的環境，所以這一帶司機的世界觀，和澀谷一帶星期六晚上開 Landcruiser 老兄的觀感有相當大的差距，這也未必不自然。

中尉據說是和我們在烏蘭巴托所委託的旅行社老闆是陸軍幼校或什麼的同期生，所以好像受到「可不能對人家粗魯無禮喲」的指示，因此雖然不太習慣「武家商法」還是各方面爲我們用了很多心思。途中經過軍隊駐屯所，在那裡接受了奶茶、乳酪拼盤和羊肉餃子的招待。話雖這麼說，但我因爲在諾門罕村領教過羊肉餐和白酒的後遺症，幾乎沒有食慾，而攝影師松村君的腸胃情況也不好（這個人雖然長相看起來好像蛇肉、青蛙都可以大口猛吃的樣子，其實和長相相反，內臟情況卻相當脆弱敏感），我們兩個人都幾乎沒動手吃什麼。這在蒙古是很失禮的，雖然僑格曼特拉中尉熱心地勸我們「怎麼不吃呢？旅行時不吃東西身體會挺不住噢」，但很抱歉，實在不想吃。再怎麼說會失禮，這邊畢竟是爲工作而來的，總不能把身體搞壞了。這位中尉的腸胃似乎沒有任何問題，在吉普車上也咕嘟咕嘟地猛灌白酒。我雖然私下佩服在那種像投幣式自助洗衣店的乾燥機裡一樣的地方，居然也能吃吃喝喝的，但對他來說卻好像一點都沒什麼似的。

「可是，你不喝酒的話這麼長途的旅行，撐不了吧」他說。「日本人天生胃的結構就不一樣，所以旅行的時候不太能吃東西喲」我隨便撒個謊。雖然人家好像不太以爲然的樣子。

我們所要去的村子，或者應該說是聚落是叫做森布爾（歐洲的地圖大多寫成「紮格阿奴爾」）的地方。這裡是諾門罕戰爭中最激烈的戰地之一的哈爾哈河和赫爾斯定河的合流點——日本軍稱爲「川又」——在這對岸的山丘上。因爲在森布爾這地方沒有所謂飯店之類優雅的東西，所以我們被安排住在軍方的招待所。這是軍官專用的相當氣派的住宿設施，但遺憾的是水這東西就是出不來。因此既不能刷牙，也不能洗臉。當然也沒有什麼抽水馬桶的廁所。心想只要煮沸的話，水總可以喝吧，然而水壺裡的水卻飄浮著各種各樣的東西，這在常識上來說實在令人不想喝。蒙古人毫不在乎地咕嘟咕嘟喝將起來，但那種東西如果喝下去的話，我們恐怕會從此一病不起。帶來的少量礦泉水喝完之後，接下來的十二小時多，就只能一直忍著口渴。這實在相當辛苦。

因爲是在基地裡，所以十點就熄燈了，我說酒眞的絕對不行，但沒有任何事情可做，士兵們全都到半夜還醒著，點起電燈喧鬧著喝酒。我跟中國人談起這件事，他們說「中國的人民解放軍紀律非常嚴，所以絕對不會有這種事」。蒙古軍也許不提爲難人的事，相當輕鬆愉快吧。不管怎麼說，在這個國家被勸酒好像絕對沒有人會拒絕的樣子。不管是軍隊也好，熄燈時間後也好。

第二天早晨，僑格曼特拉中尉爲我們介紹基地中最高階級的那姆索萊中校（這個人也是我覺得好像是中校而憑氣氛隨意推測的）。他特別陪我們一起走，說要到處帶我看邊境地區。不知道是人親切還是單純因爲閒著，雖然我不太清楚這些事，不過老實說這個人與其說是蒙古陸軍中校，不如說看起來更像在千駄谷商店街的「秋季交通安全週聚會所」從早上就窩在那裡整天閒著沒事做的歐吉桑一般——我並沒有什麼惡意。或者也可以說像在快要倒閉的相撲教習所裡，有點依賴酒精成性的師傅一樣。這樣的人眞的能確實地帶我們看嗎？我內心眞有點懷疑，但是人不可貌相。這個人對草原的每個角落，都像自己家的房間格局一樣熟（老實說如果要我畫圖的話，我連自己家的隔間都不太想得起來，這暫且不談）。幾乎沒有路，也沒有任何標誌——我是這樣覺得——吉普車只在草原上一直往前進，「往那邊筆直開」或「從這裡左轉」或「越過這個山丘」般，正確地指示司機，極有要領地帶我們看了各種地方。我想如果沒有這個人的話，我們可能只能在荒漠的草原中盲目地徘徊，不但找不到任何一件像樣的東西，而且搞不好還會迷路而遭遇什麼不得了的事情也不一定。我不管在任何國家，只要遇到那些穿制服的國家公務員，身體就會有反射性僵硬起來的傾向（這或許是因世代性記憶所引起的），這個人不管別的方面怎麼樣。在現實上是非常有用的人。這樣一想仔細看來，他偶爾一閃的眼神也很銳利。不管怎麼說，他都不是玩票地當著最高指導者的。我一開始還懷疑他，眞覺得過意不去。

但反過來說，我認爲他們能熟悉這個地區的每個角落到這個程度，正表示他們是這麼認眞地在做著警備工作。就算有想趁著暗夜穿過國界的人，想必也會立刻被逮捕吧。我問他說「有沒有偷渡國境的走私著？」雖然沒有得到明白的回答，不過總之好像「並不是沒有」的樣子。蒙古因爲缺乏高級消費物資，所以從中國帶錄影機或照相機之類的工業製品進來，還相當有賺頭。

哈爾哈河簡直像蛇身扭動一樣，是一條彎彎曲曲的河。水的流速相當快，在一些地方形成中洲。在眼睛所及一望無際，什麼也沒有的漫長草原之旅之後，那條河的綠色流水，和岸邊茂盛的鮮綠灌木，在我眼中顯得簡直像生命本身一樣的豐饒潤澤。河的西岸（蘇維埃・蒙古軍方）形成像高起的台地似的，比起那邊，東岸（日本軍方）則像是寬闊山谷之間般的低地。因此尤其以砲擊戰，日本軍在地形上就吃了大虧。從台地上，只要用望遠鏡就能清清楚楚看穿二十公里外的諾門罕村。當然蘇維埃・蒙古聯合軍司令官諸可夫元帥會在那山丘上設立堅固的地下司令所，一面俯瞰著一眼望盡戰場一面指揮若定。跟他們比起來，從東岸沿著河只能看見屏風般嚴密峭立的白色河岸斷崖而已。實際站在河的兩岸試著分別眺望對岸時，那視野之懸殊，到現在還不得不感到十分驚訝。

在森布爾附近，川又的南方建有水泥製相當壯觀的橋。這座橋十年前才建的，以前除了軍事用暫設橋之外，這條河上從來沒有任何一條永久性的橋。村民騎著馬橫渡河的淺灘，冬天結冰時，就從冰上渡過，因此據說「即使沒有橋也沒什麼不方便哪」。這座橋的興建目的，可能與其爲了本地居民的方便，不如說是爲了軍事用車輛通行而建。確實看起來動物還遠比行人使用得頻繁多了。一長串的牛群在橋的正中央躺著，我們花了很長時間才把牠們趕走以便過橋。橋上到處盡是牛糞、馬糞。當然也就有那臭味。不用說自然和「麥迪遜橋」的氣氛是相當不同的。

那姆索萊中校首先帶我們去的地方，是被認爲過去曾經發生過相當激烈戰鬥的高地。由川又往東南方前進，吉普車跑大約二十分鐘左右的地方就到了這片高地。當然完全沒有所謂的道路。這片高地的正確名稱不詳。從地圖上看來，推測可能是以激戰地聞名的「諾落高地」（當時日本軍的稱呼）或那附近，但無法確定。看起來本來是和緩的綠色丘陵的樣子，可能因爲蘇維埃軍的密集砲擊而使地形嚴重變形，綠色完全被剷除，到處暴露出沙地。在八月後半的蘇維埃・蒙古軍進行大攻勢時，可能反覆展開好幾次血淋淋的包圍戰吧，斜坡的沙地上還完全原樣留下當時激戰的痕跡。周遭散落著砲彈的破片、槍彈、被射開洞的罐頭、這些東西還密集擁擠地散落著。連一部分可能是沒爆發的臼砲彈（我想是這樣）都掉落在那裡。我站在那光景的正中央，一時之間說不出話來。因爲那畢竟已經是五十五年前的戰爭了。卻簡直像數年前才發生的一樣，雖然沒有屍體，雖然沒有流血，但卻幾乎處於未經處理未曾移動過的狀態，就那麼散落在我的腳底下。

可能因爲天氣乾燥的關係，而且又在沒有人造訪的極偏僻地方的關係，那許多雜亂的鐵製品才還能保持原形就那麼留在那裡吧。雖然鐵都分別已經鏽成赤褐色了，但手拿起來還不會潰散掉。赤褐色只是表面一層而已，刮掉鏽之後那下面活生生的「鐵」還在呼吸著。那麼大量的鐵片，集中散落在這麼狹小的地方，對於這個事實，我不得不感到茫然。我們在歷史上，大概被分類在屬於所謂的「後鐵器時代」吧。在這時期，有效地把大量的鐵投向對方，並因此盡可能割裂越多對方的肉的一方，便獲得勝利和正義。並可喜可賀地可以獲得其實也不太起眼的草原的一個區域。

一方面也爲了不要忘記這衝擊性的光景，我撿起落在腳下的一顆子彈和臼砲彈的一部分，裝入塑膠袋裡，決定帶回日本。並不是想要什麼紀念品。只是，我想我所能做的唯一行爲，大概只有不要忘記吧。而且我想要留下一件什麼和那有關的像是線索之類的東西。

從那裡再往深處開三十分鐘左右的綠色草原正中央，有一輛被射中丟棄在那裡的蘇維埃軍中型戰車。「如果有什麼更大的戰爭遺跡之類的，我想拍那照片」，爲應松村君這樣的要求，那姆索萊中校說「既然如此」於是把我們帶到了那裡。這輛戰車，果然關鍵的砲塔和機槍已經拆除了，但其他東西幾乎還和當時一樣，眞的還保持著漂亮的原形。想必是在戰鬥中被破壞了，友方戰車曾經想用鋼索牽引卻無法順利拖動，於是只好放棄不管的樣子，鋼索依然還綁在上面。如果運到什麼地方去，就算當做廢鐵也多少能賣些錢吧，雖然我這麼想，不過蒙古人似乎對廢鐵回收之類的麻煩事不太感興趣的樣子。一方面也許因爲在路況惡劣卡車進不來的地方，另一方面也許因爲就算回收了，事後的運輸成本還是過高也不一定。不管怎麼樣，總之因此草原上到處都留下各式各樣的鐵製品不管，我們也託這個福，到現在眼前還能看到當時慘烈的「鐵之戰爭」的痕跡，那種不當一回事的愚蠢大量消耗的模樣。能夠這麼順利地把昔日戰爭的痕跡保存下來的地方，恐怕找遍全世界都不太看得到這樣的例子吧。

繞了幾處戰場遺跡之後，我們參觀了森布爾壯觀的戰爭博物館。森布爾說得清楚一點是像世界盡頭一般貧相的村子，然而只有和戰爭有關的紀念物卻相當壯觀地收集齊全。這博物館建築物確實很莊嚴堂皇，展示品也豐富，當時的貴重資料和各種武器、軍用品等都很有要領地整理保存著。看到這些時，就非常了解蒙古人把諾門罕戰爭＝哈爾哈河戰爭的勝利——把日本軍推回自己所主張的國境線外，所以總之是勝利——看得多麼重要了。然而同時，也覺得那樣跨大而雄辯的英雄禮讚，似乎靜靜地，卻歷歷地暗示著哈爾哈河戰爭給蒙古這個小國家所帶來的傷害是多麼巨大的這個事實。蘇俄由於情報公開(glasnosti)而將過去隱藏的各種歷史資料公開出來，根據那些資料終於知道，哈爾哈河戰爭並不如蘇維埃方面所主張的是蘇維埃・蒙古聯合軍的「壓倒性光輝勝利」，爲了獲得那勝利，他們不得不付出的犧牲，其實並不亞於日本軍的深刻和悲痛。將來如果有更多資料公開出來的話，對諾門罕戰爭＝哈爾哈河戰爭的歷史觀想必還會有很大的改變。這所戰爭博物館的館長出來歡迎我們，親自熱心地帶我們參觀並介紹館內（相當親切的人），遺憾的是因爲停電，裡面黑漆漆的，所以展示物沒辦法看得很清楚。由於慢性電力不足，白天好像會停止供電幾小時的樣子。

從森布爾回到喬巴山的漫長回程途中，我們在草原正中央發現一匹狼。蒙古人一發現狼，必殺無疑。幾乎是條件反射式地殺。對遊牧民族的他們來說，狼是只要看見就要當場殺掉的動物。所謂愛護動物的概念，在這個國家完全不存在。司機也不問「去不去？」就立刻不顧一切地開離道路，把吉普車開進草原裡去。僑格曼特拉中尉從座位下以熟練的手法拿出AK47自動手槍，把連珠彈匣設定好。他把彈匣放在黑色塑膠公事包裡，經常隨身攜帶著。於是他打開吉普車門探身出去，瞄準目標以單發開始射擊逃走的狼。在草原正中央聽AK47發出「砰、砰」乾而小的槍聲，不太有想像中那麼可怕。並沒有像在電影院的音響設備中所聽到的那樣震耳欲聾的轟聲。聽起來倒不如說有點超現實。感覺像發生在很遙遠的世界，與我無關的事情似的。我腦子裡模糊地想道「對了，我現在正在蒙古草原中間，旁邊僑格曼特拉正在射著狼啊」簡直像別人的事似的恍惚地想著。奔跑著逃走的狼周圍，砰砰地揚起著彈的砂煙。然而狼的動作極迅速，子彈相當難射中。連擦傷都沒有。狼計算著與吉普車的距離，利用靈活小轉彎，咻咻地一面快速變化方向一面逃走。第一個彈匣已經空了，僑格曼特拉一面咋舌一面卡喳地裝上新的彈匣。這個男人到底準備了幾個彈匣呢？司機納森賈格爾一聲不吭地咬緊嘴唇，把方向盤往左往右地切轉，緊追著狼不放。結果，狼從一開始就沒有勝算。狼的腳步是多麼敏捷而狡猾，然而遺憾的是牠們並不具備所謂的持續力，或許牠們能勝過馬——蒙古人說這機率大約五比五。但在沒有遮蔽物也沒有溝渠沒有起伏沒有樹林沒有任何東西的平坦大草原的正中央，狼絕對鬥不過四輪驅動車。因為汽車是絕對不會累的。那只是巨大的鐵製機器而已，沒有所謂的肺。跑個十分鐘狼就完全累趴了。牠的肺已經即將破裂。狼站定下來，用肩膀大大地呼吸著，似乎已經有所覺悟，下了決心似地，一直凝視著我們這邊。狼知道不管再怎麼掙扎都已經逃不了了。這時已經沒有選擇，只有死路一條。

僑格曼特拉叫司機把吉普車停下來，他把來福槍身固定在門上，照準瞄著狼。他並不急。他知道狼已經無處可逃了。在那之間狼以澄清得不可思議的眼睛瞪著我們。狼凝視著槍口，凝視著我們，又凝視著槍口。各種複雜的感情混合在一起的眼光。恐怖、絕望、混亂、困惑、和放棄……還有我所不太清楚的什麼。

一發子彈之下，狼應聲倒地。身體痙攣了一會兒，終於那也停止了。是一隻身體算小的雌狼。以季節來說，也許正在為孩子找尋食物。我內心其實祈禱著這隻瘦巴巴的狼能夠逃出鐵車和鉛彈，然而結果並沒有出現奇蹟。靠近屍體看時，狼由於過度的恐懼而脫糞。子彈命中肩膀稍後方。並不是很大的彈痕。只出現像外套扣子般大小的圓形血跡而已。納森賈格爾從口袋拿出一把相當銳利的狩獵用大刀來（這些人好像平常生活中手邊都隨時放著步槍和刀子之類的似的），很有要領地把狼尾齊根切下。並把那切下的尾巴鋪在狼的頭下。這就像蒙古人狩獵的符咒一樣，據說具有「希望能再惠賜這樣的獵物」的意思。

殺過狼之後，我們全都不可思議地變得沉默下來。長久之間幾乎沒有人說話。納森賈格爾把俄語的雷鬼音樂錄音帶放進播放匣，開始聽起來。夕陽緩緩地向草原西方傾斜，雲彩染成壯觀的晚霞，天空的藍色變成靛青，然後再逐漸變成深藍色，在這之間我們始終朝向西方前進。簡直像在永不休止地追逐著漸漸沉下去的太陽一樣。不過不用說，這次是我們沒有勝算了。隨著周遭的變暗，所到之處只見野兔子掠過路邊。在天色還亮的時候，兔子因爲怕蒙古鷹的攻擊而無法跑出洞穴，所以牠們一直等到天黑才出來。這麼說來已經到處都不見老鷹的蹤影了。老鷹一定在這草原的某個地方牠們的巢裡安靜休息了。到明天早晨來臨以前，而明天終將結束，後天將會來臨，後天也將結束……。

我們終於到達喬巴山城裡時已經是半夜一點了。總之已經精疲力盡，累得話都說不太出來了。暫且先喝一杯不太涼的啤酒，就那麼往旅館房間的床上一躺。雖然是不怎麼樣的城市的不怎麼樣的飯店的不怎麼樣的房間（水管的水一整夜在流著，發出好大的聲音，門也關不上，除了天花板垂下來的赤裸電燈泡之外沒有其他燈光，氣氛陰鬱極了）這些也都無所謂了。只要一躺下來，立刻就能沉沉睡著就行了。而且想起我過去所住過全世界的世界盡頭的差勁旅館的話，這還算是好的。但我卻睡不太著。也許因為白天之間，未免目睹太多強烈光景的關係吧。我忘不了生鏽的蘇維埃戰車、滿地散落著破碎鐵片的戰場遺跡、和被僑格曼特拉所射殺的雌狼靜靜的眼睛。我忽然想起來把從沙丘的沙中拾起來的臼砲彈的部分和子彈從背包裡拿出來，拂掉沙子放在桌上。那些物品放在陰鬱旅館一室的桌上時，我忽然有一種時間座標軸好像逐漸鬆散下去了似的不可思議的感覺。那些物品在這旅館房間中，和我在沙丘中發現時，看起來印象顯得相當不同。我並不是那種崇拜超自然事物的人。算是被公認為日常很普通而踏實的人。但只有那個時候，我不能不感到那裡有某種濃密的「氣息」似的東西存在。我忽然想到或許我真的不該帶這種東西出來也不一定。或許我應該就那麼把那留在原來的地方也不一定。但是已經太遲了。

半夜裡我醒來時，**那個**正強烈地搖撼著世界。整個房間簡直像被放進搖拌器裡使勁猛搖似地上下巨大地振動著。在伸手不見五指的一片漆黑裡，所有的東西都發出卡嗞卡嗞的聲音。到底發生了什麼事呢？到底什麼事在進行著呢？我雖然搞不清楚，但總之從床上跳了起來，想打開電燈。但由於激烈震動的關係，甚至無法在床上站起來。而且我也想不起電燈大約在哪裡了。我站不穩跌倒下來，然後抓住床框才好不容易又站起來。我想一定是大地震來了。總之我必須趕快走出這裡才行——我不清楚到底花了多少時間。不過我總算拚著命跋涉到門口，伸手摸索到牆上的電燈開關把那打開。而就在那一瞬間，震動卻突然停了。燈亮起來，黑暗消失之後，一瞬間房間恢復靜悄悄的。簡直像騙人似的，一點聲音都沒有。任何東西都沒搖動。時鐘的針指著凌晨兩點半整。我不知道到底是怎麼回事。

不過後來我恍然大悟。搖動的不是房間，不是世界，而是我自己。一旦知道這個之後，我全身凍到骨髓裡去。我在無法適度掌握自己的手和腳的感覺之下，一直站定在那裡不動。有生以來第一次嘗到如此深刻強烈而沒道理的恐怖感覺。也是第一次看到如此的黑暗。不管怎麼樣我已經不想留在那個房間裡了。實在沒辦法待在那裡了。沒辦法我只好到隔壁松村君的房間去（幸而這裡的房間全都不能從裡面上鎖，不知道爲什麼），我在睡熟得像昏迷過去似的他旁邊的床上坐下來，只是靜靜地等待天明。我以爲黑夜大概要永遠繼續下去了，但是四點過後東方的天空終於逐漸泛白起來。鳥也開始啼叫起來。於是隨著那天晨光的來臨，我體內冷凍般的恐怖才逐漸溶解消失。簡直像附身的東西落地了似的。我悄悄回到自己的房間，在床上躺下。已經不害怕了。夜裡上床時所感到的那種厭惡感也沒了。我甚至反而感覺到類似安詳的東西。那個已經隨著黑暗而消失了。我就那樣在晨光中沉沉睡著，然後再度醒來。

從烏蘭巴托回到北京，就那樣在機場轉機回到東京。在飛機上的NHK新聞中，報導說村山首相在那不勒斯的高峰會中身體不適昏倒了。村山首相？我離開東京時，確實還是羽田首相的啊。而且那同一天，金日成主席確定已經死亡。我從滿洲到蒙古到處閒晃的兩星期之間，這邊的世界很多事情似乎都與我毫不相關地進行著。而且現在，大約一個月後，在遠離蒙古草原的地方，在可以說幾乎和那兩極化的地方，我正寫著這稿子。

不過在喬巴山的沒落飯店的一個房間中，我在凌晨兩點半所經驗到的那強烈的世界震動，還清清楚楚地留在體內。我現在還可以鮮明地想起那恐怖的感觸。但那到底是什麼呢？我到現在還無法理解。雖然我試著想了很多，但卻想不到關於那件事的適當說明。當時我所感到的恐怖的質，不可能以語言傳達給別人。那就像從道路正中央洞開的洞穴，往遙遠世界的深淵裡探望窺伺一般恐怖——至少對我來說。

不過隨著時間的經過，我開始有一點這樣想起來。也就是那——那震動或黑暗或恐怖或氣息——或許並不是突然從外部來的東西，而是我這個人本來就存在的東西。只是那什麼抓住了類似契機般的東西，把我身上我心中所有的那個強烈地撬開了而已吧？正如小學時代在書上所看到的諾門罕戰爭的舊照片，並沒有明確理由卻一直魅惑著我，在三十幾年後，把我帶到遙遠遙遠的蒙古草原深處去一樣……。那把我帶到相當遙遠的地方去。雖然我無法適當表現，不過我想不管去到多麼遙遠的地方，不，或許越到遙遠的地方，我們在那裡所發現的東西越可能只是我們自己而已。狼也好、臼砲彈也好、停電的昏暗中的戰爭博物館也好、結果全都是我們自己的一部分而已，或許那些只是一直在那裡靜靜地等待著，藉由我而被世人所發現而已。

不過至少我絕對不會忘記那些東西在那裡，曾經在那裡。因爲除了不忘記之外，也許我什麼也無能爲力。

在哈爾哈河畔

橫越美國大陸

這是九五年六月，為《森羅》（*Sinra*）雜誌上連載所寫的文章（分兩次），收錄於本書時再加筆完成的。同行者依然還是松村映三君。像這樣長途的旅行能不厭其煩地陪我的攝影師只有他了。實際上試著握方向盤橫越大陸時，才知道所謂美國真的是個好大的國家。因不同的地區，文化服裝也嘩啦嘩啦發出聲音地改變下去。其次，我也很佩服石油真便宜，還有幾乎很少道路要付錢的。餐飲和住宿設施真是無可救藥的單調。如果有人問我要不要再橫越一次的話，我覺得我大概只會「嗯——」地歪頭懷疑吧。

旅行病、牛的價格、無聊的汽車旅館

我從很久以前就想過，要好好花時間試著開車做一次橫越美國大陸的旅行看看。或者說得更正確一點，是一直在作這樣的夢。如果你要問我「有什麼目的嗎？」那可就傷腦筋了。因爲沒有任何特別的目的。我所希望的只是，從大西洋的海邊到太平洋的海邊，穿山越嶺涉水渡河，總之一口氣貫穿美國——只不過這麼回事而已。「行爲本身就是目的」如果這樣明快地說穿的話，或許也滿帥的吧……。

不管怎麼說，出門去做長時間旅行這行爲，雖然還不至於說瘋狂的程度，但確實潛藏著某種不能以道理說清楚的東西。你想爲什麼非要去做這麼麻煩的事不可呢？既花時間，又得花許多冤枉錢，而且也相當累人。有時還可能會惹一些麻煩上身。不，或許說「偶爾也有沒惹上麻煩的時候」比較快也不一定。障礙越野賽車的廣告詞總是說「早知道這樣，不如在家玩障礙越野遊戲了」，畫著在旅途中總會遇到各種災難的可憐旅行者的漫畫。我每次看到那廣告就非常有同感「對呀，說得一點也沒錯。」旅行是麻煩的展示櫃。眞的是在家做障礙越野遊戲比較聰明。明明知道這樣，我們最後還是會出去旅行。像被眼睛看不見的力量扯著袖子，便迷迷糊糊飄飄忽忽地被拉著走到懸崖邊緣去一樣。而且回到家之後，往柔軟熟悉的沙發一坐下來，並深深感覺「啊，還是在家裡最好。」對嗎？

這簡直跟生病很類似。我們（至少指我）從書櫥裡拿出地圖來翻開書頁，放在書桌上一直盯著看。地圖這東西是會魅惑人的。那裡頭有我們還沒有去過的廣大地域延伸著。安穩地、沉默地、然而卻具有挑戰性地。羅列著你好像從來也沒聽過的地名。流著你從來沒渡過的大河，連綿著你從來沒看過的高聳山脈。一些湖泊和河流的入海口都不知道爲什麼全長得非常迷人的形狀。連什麼也沒有的沙漠，也顯得難以抗拒的浪漫。

一直盯著看地圖上的那些自己還沒去過的地方時，就會像聽見妖精唱歌時一樣，心漸漸的被吸引進去。可以感覺到心在砰砰地跳著。腎上腺素像飢餓的野狗般在血管裡奔騰迴旋。可以感覺到皮膚在渴求著新鮮的風吹拂。機會的氣味，像攻破城門的大木槌般猛烈地敲擊著門。感覺只要去到那裡，就會遇到撼動人生的某種重大事情似的（雖然實際上，那種事情只不過在極象徵性的領域才會發生）。

就因爲這樣，於是我（照例）跟攝影師松村君兩個人，花了超過兩星期的時間出發去做橫貫美國的長途旅行。路線不是選有名的南迴線「Route 66」，而是走比較艱難的行家喜歡的（不知道是否如此）北迴線。一路經過伊利諾、威斯康辛、愛阿華、明尼蘇達、南達科塔、懷俄明、愛達荷、猶他……而且是花大量的時間，不走沒味道的 interstate（州際高速公路），而是以當地的幹道高速公路爲主去旅行。

本來我開的 VW Corrado 要做長途旅行有點吃不消（屁股會坐痛，而且不太能載多少行李），因此決定租 VOLVO 850 Estate 作爲旅行用。起初想租從前美國製的廂型旅行車，但擺在眼前實際看到時，卻被那恐龍般超現實的大所壓倒，還是打了退堂鼓。光想到要把那東西縱列停車時怎麼辦，就嚇出一身冷汗。VOLVO 老實說並不算是多麼刺激的車子，不過座位的情況非常好，兩星期一直都坐著，身體也都幾乎不覺得痛。我還想推薦給腰部有問題的人呢。

「那樣的旅行我實在恕不奉陪，我要回東京好好悠哉一下」我太太這樣說，我送她從波士頓的機場上了飛往成田的飛機（相當正常的想法），便順道準備朝西海岸出發了。我們的目的地，是遠在大約八千公里之外的洛杉磯長堤。

首先我們從麻州穿過紐約州上方，由尼加拉瓜瀑布附近一度進入加拿大境內（尼加拉瓜瀑布這地方去了幾次都很熱鬧）。這趟是爲了去拜訪住在多倫多的日本文學研究者泰迪・顧森先生。從很久以前他就邀我務必要去玩一次，於是便接受他的好意繞道過去。泰迪原來是美國人，因爲越戰的時候不願意被徵兵，於是搬到加拿大，就那樣在這裡一直定居下來了。他在離多倫多一小時車程左右的山中擁有一棟隱居用的小木屋別墅，我們就住在那裡。那是相當深山裡面，據說有海狸（beaver）、豪豬（porcupine）、鹿、狼、浣熊等出沒。我們喝著葡萄酒、聽著Bob Dylan的老唱片（對，我們就是那個世代的），烤著鮭魚，吃著從庭園裡摘來的蘆筍。一個晚上談了很多話。然後……啊，這個寫出來不太妙。

從加拿大再度穿過國界回到美國，往底特律前進。並經過俄亥俄州、印地安那州，到芝加哥。到這裡爲止沒有什麼特別有趣的事。說得明白一點，簡直是無聊透頂的旅行。只是看著前方踏著油門，望著眼前掠過的非印象性光景而已。一天行車距離大約五百公里。兩個人輪流開，住在怎麼看都非印象性的汽車旅館，早上吃薄煎餅（pancake）、中午吃漢堡。每天都是一樣的重複。只有汽車旅館的看板變了而已。Holiday Inn, Comfort Inn, Best Western, Travelodge……。

不，正確說不完全只是無聊事而已。也有一件可以算是不無聊的，那就是頻繁地被警車攔下來。其實我們並沒有胡亂開車（確實在沒有任何人看見的亞利桑那州的沙漠正中央，曾經一面聽著艾爾頓強（Elton John）的《Made in England》一面開到時速二百公里，不過那怎麼說都屬於例外的行爲）。在美國公路上通常超速只要在十五英里之內警察是不會攔阻的，我們也打算大概保持超速十英里左右，配合其他車子的自然流動速度前進，雖然如此，然而卻不知道爲什麼還是被攔了下來。閃著紅燈的巡邏警車從我們後面追上來。

「咦，好奇怪，總不會是要攔我們吧？」一面歪著頭覺得懷疑時，叭不叭不警告聲已經響起來，示意要我們往路肩停下來。不過警察只是檢查我們的駕照，探頭到車內骨碌碌地查看一下而已，並沒有開罰單。只開給我們「以後要注意別再超速」的警告單而已。

奇怪，我仔細想想爲什麼只有我們被攔下來，結果想到可能是因爲我們開的車子是外州車號的旅行車，而後車窗又貼了黑色遮光貼紙的關係吧。加上松村君又曬得很黑，從遠遠看來好像是西班牙語系的年輕中南美洲移民，有這外觀上的問題。說得明白一點，就是運毒品車的特徵。所以警察看見我們的車子就嚇一跳，提高了警戒心，把我們的車子攔下來，檢查行李廂有沒有什麼可疑的東西而已。

不過老實說這眞的很傷腦筋。因爲眼睛必須隨時盯著提高警覺，注意有沒有隱藏起來的警察巡邏車。我推測松村君的外貌如果長得像米老鼠也好，或Cindy Lauper也好，就不會發生像這樣的問題了，不過不用說，這不是他個人的責任。除了這巡邏警車的問題之外，最初的五天眞是非常無聊的旅程。

旅行終於開始變得有點多彩起來，是在過了芝加哥，進入威斯康辛州之後。不，「多彩」這表現法或許也不太正確。因爲實際上，裡頭完全沒有什麼所謂多彩的要素。如果正確表現的話，不如說包圍著我們的旅行環境，「變得更無聊」或許比較接近眞實。不過這無聊，和過去經過的地區所給我們的無聊，是屬於不同種類的嶄新無聊，那對我來說，並不是不能算相當刺激。說得快一點，也就是從那一帶開始，我們終於已經開始進入美國心臟地帶中的心臟地帶了。

首先從汽車收音機播出來的音樂種類就完全一百八十度大轉變。鄉村音樂台壓倒性地變多，不管怎麼按汽車音響的換頻按鈕，就是聽不到爵士樂和饒舌音樂。就因爲這樣，雖然我不是有心的，卻因此對鄉村音樂的流行狀況變得相當熟悉了。老實說大多是不怎麼樣的歌曲，只有《德州龍捲風》的暢銷曲聽起來柔柔的還眞不錯〈你是德州的龍捲風，我像隨風滾動的莧草（tumbleweed）般被玩弄……。〉雖然不知道是誰唱的，但這首曲子簡直像是這次旅行的主題曲一樣，一直到我們到達加州爲止，播出了好幾次又好幾次，讓我們聽得耳朵都要長繭的程度。麥可傑克森的新曲則一次也沒播……雖然也沒有特別想聽。

在汽車旅館的房間裡，打開電視看晨間新聞，在播完O・J・辛普森案的審判進展情形之後，便開始沒完沒了地播出「今日家畜行情」。某某種的幾歲牛的價格多少，某某種的豬一頭價格多少之類的，上了年紀的新聞播報員以一本正經的表情淡淡地讀出來。就像紐約的新聞正播著交通狀況，夏威夷的新聞正播著海浪的情況一樣。根據讀出來的數字大小，播音員時而有點佩服，時而皺皺眉頭。原來如此，美國這個國家實在眞是個大國，我深深地親身體會到這種感覺。

晚上打開電視時，經常看見他們在舉辦鄉村舞蹈大會。帶著牛仔帽穿著皮雕長靴的許多男人，和頭髮蓬得像棉花糖般裝扮華麗的小姐們，配合著鄉村音樂，腳步整齊而快樂地跳著舞。雖然只是這樣而已，然而一旦看入迷之後，很奇怪就會繼續相當熱心地看下去。爲什麼噢？

還有我以前不知道，世上甚至也有鄉村音樂專門的MTV。從早到晚，繼續不斷地播出鄉村音樂的錄影帶。眞是不簡單。

車窗外看得見的風景實在眞是——或許甚至可以說是藝術性的——無聊。那裡所存在的，只有牧場、農場和偶爾出現的看板而已。不管到哪裡，不管到哪裡，不管到哪裡，不管到哪裡，眼睛所能看見的全都是牧場、農場和偶爾出現的汽車旅館的招牌而已。除此之外眼睛幾乎看不見任何東西。

道路多半的情況，就像出現在托爾斯泰的小說中正直農夫的靈魂一樣，筆直得令人心疼的地步，只要視力夠好的話，可以看穿到非常遠的前方。不過就算能看穿到非常遠的前方，也沒什麼好高興的。因爲非常遠的前方，所能看到的也還是同樣的農場、牧場和偶爾出現的看板而已。

偶爾迎面錯車的大半是載運家畜的卡車或野雞卡車。從波士頓到愛阿華來，老實說感覺上給我的文化衝擊，比從東京到波士頓好像還要大得多似的。如果在這種地方過著每天每天光看牛，聽鄉村音樂的生活的話，就算不是法蘭切斯卡太太（愛阿華州麥迪遜郡的那個人），我想可能多少也會對人生感到厭倦吧。

農家大體上多半都長成一個樣子。正面咚地擺個好大的農倉，有放乾躁飼料的貯藏庫，有長長的柵欄。柵欄中有好多牛。雖然牛也是相當可愛的動物，但實在太多之後，還是會看膩的。世上多半的事物都有這種傾向——多了就會看膩，牛也不例外。不只是看膩，不久之後漸漸變成對看到牛這個行爲眞的開始覺得很累。想到爲什麼世上非要有這麼多牛不可呢？甚至開始煩躁起來。

這種光景雖然車子每天每天一直往前奔馳，還是永無止境地繼續著。甚至好像以前看過的牛又跑到前面去等著我們似的，竟然變成被這種有點沒道理的錯覺所襲。

不過，我還是覺得來到一個眞不簡單的地方。結果，我以前所看到的美國，原來只不過是這個國家的極小一部分而已。

風景依然像前面一樣的無聊，每天三餐所去的餐廳，每天晚上所住的汽車旅館，也毫不輸給前面，同樣是無聊極了的地方。每家每家都未免太無個性、太相似了，因此不久之後，已經幾乎區別不出哪一家是哪一家了。

選擇汽車旅館原理上雖然簡單，實際上卻相當困難。雖然覺得「每家都一樣，隨便任何一家都可以吧」，話是這麼說，具體上卻不得不選擇其中的一家。所以一到黃昏時，就抱著放棄的心情，「唉，這家應該可以吧」這樣猜完就忽然毫無根據地胡亂決定下去，每天繼續這樣做著之間，不知不覺自己心中原來應該有的「什麼是好，什麼是壞」的基本價值標準之類的，已經逐漸動搖起來，變得不明確了。這是眞的。腦子裡一浮現汽車旅館的形象時，幾乎同時思考力便咻——地被籠罩在一團牛奶色的霧裡似的，我們被呑進形狀像非常長的管子般的「繼續性」裡去。在那裡時間像金太郎飴般地流著。變成分不出前與後的不同。分不出昨天和今天的不同。分不出日常和非日常的不同。分不出感動和無感動的不同。那裡存在的東西，只有電視、床和浴室這記號而已。電視、床和浴室。電視、床和浴室。電視、床和浴室。這無限的反覆。這使人的心慢慢地侵蝕下去。

我在旅行之間一直有記行程紀錄（不管去做任何旅行我都一定會每天仔細地作旅行紀錄。因為我對人的記憶這東西——其中尤其是我的記憶——完全不信任），關於美國中西部的汽車旅館和餐廳，則從途中開始就已經覺得實在沒什麼可記了。因此現在翻開手冊來看，所寫的幾乎只有汽車旅館的名字和旅館費而已。其中並沒有記載所謂特徵這東西。不，就算有特徵，那特徵也沒有特徵的意義。所謂沒有特徵意義的特徵，就像編排不明確的辭典一樣。不管有多少相互關係，也只是時間的消耗而已，沒有任何結論。

不過只有一點，我們在從那樣的無名汽車旅館到別家無名汽車旅館一連住下來之後，學到了關於美國汽車旅館的貴重教訓。那就是「不要去住有溫水游泳池的汽車旅館」。

為什麼呢？第一，所謂沿途汽車旅館的溫水游泳池，是既狹小（大多是）水又髒，實在不是可以正常游泳的地方。第二，建築物裡因為有了溫水游泳池（大多設在室內的中庭），整棟建築物裡便滿含著濕氣悶熱得不得了。總之整個館內多半都變成三溫暖蒸汽浴一樣。我們在這種附設室內溫水游泳池的汽車旅館吃了不少苦頭。在印第安那州住在一個小城的汽車

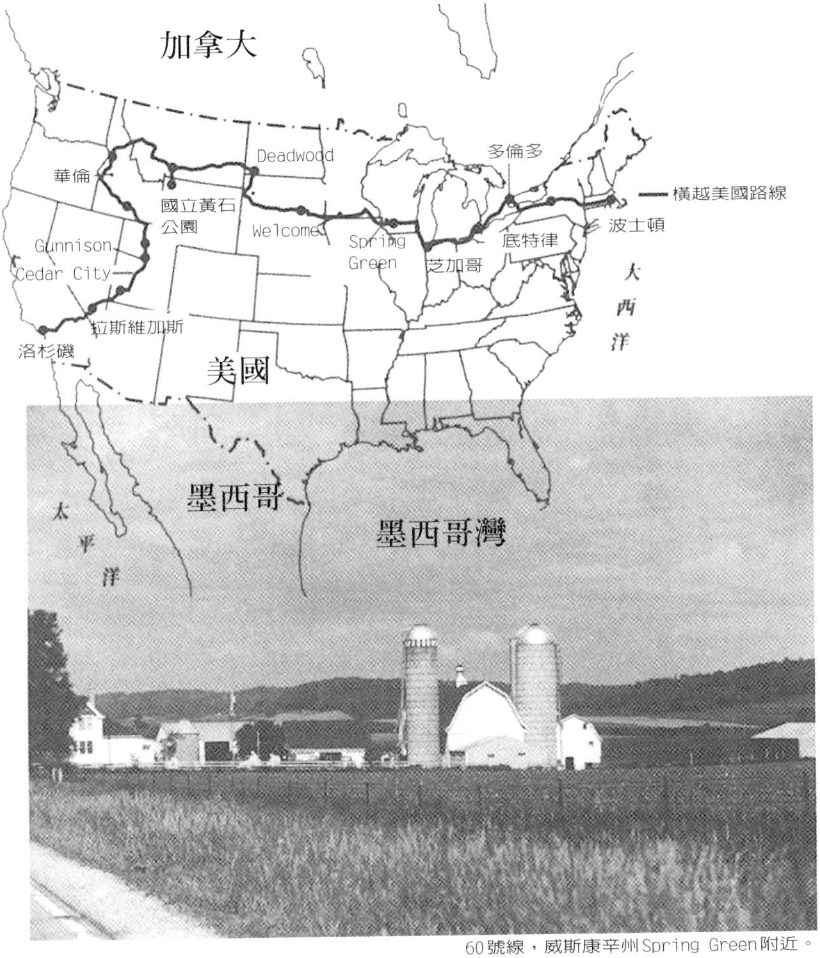

60號線，威斯康辛州Spring Green附近。

旅館時，簡直令人想起在曼谷機場轉機時所度過的難以睡好的一夜。請各位也務必要小心注意。「不要去住有溫水游泳池的汽車旅館」。此外，關於汽車旅館我想幾乎已經沒有什麼值得說的了。

關於餐廳就更沒有什麼值得一提的。在那裡到底吃了什麼——爲了維持生命應該一定吃了什麼的——然而我卻幾乎想不起來了。就像不幸的幼兒期的黑暗記憶一樣，那可能已經推進意識儲櫃的深處去了吧。而且我也沒有心情特地再去把它挖出來。完全沒有。

名叫歡迎的地方、西部的中國城、猶他州的人

美國眞的有很多各式各樣不可思議的奇怪地名。在明尼蘇達州就有個叫做「歡迎（Welcome）」的地名。我跟松村君在一片廣闊平坦，幾乎只見牛群什麼也看不見的中西部繼續漫長往西前進，已經覺得相當疲倦的時候，因此看到那招牌時，便迷迷糊糊地下了高速公路。抱著期待到那地方說不定有什麼好事情也不一定，或許可以看到什麼有趣東西也不一定的心情。小城入口豎立著「Welcome」的簡單招牌，人口有七百九十人。總之我們開到小城對面去看看（入口稍前方已經就是對面了），除了名字之外並沒什麼特別的特徵，只是極普通的中西部鄉下小城。一進入小城，大家也沒有聚集過來打招呼說「嗨，喂，歡迎光臨」。也沒有笑容可掬的婦人爲我們這遠道而來的客人端出冰紅茶來。相反的，我們還被對我們的來路好像感到懷疑的巡邏車跟蹤了一陣子，眞受不了。哼，眞想說「什麼Welcome嘛！」不提也罷。

不過總之這一帶的男人們，全都好像約好了似的戴著帽子。STETSON、或tractor maker的棒球帽型的帽子。看不見不戴帽子而在街上走的人。也幾乎沒有黑人的蹤影（不如說一個都沒有）。很多人抽煙，不太看得見無咖啡因的咖啡。也沒有人讀布雷得・伊斯特・艾立斯的書。也沒有溫頓・瑪爾沙立斯的迷（大概沒有）。餐廳不放調味品組。不知道爲什麼很多像海象那樣胖的人。有時候點啤酒，玻璃杯裡還會附橄欖——到底爲什麼呢？天生缺乏想像力的我，實在無法想像。

在Welcome的更前方南達科塔州深山裡的小城，據說還留下從前中國城的遺跡，因此我們過去看看。老實說攝影師松村君曾經走遍全世界，專門拍過中國城，可以稱爲眞正的「中國城迷」，因此一聽說有中國城，還是不能不繞過去走一趟看看。

這是在一個名字叫做戴德伍德（Deadwood）的，以懷特・比爾・希考克在酒店被槍殺的地方而小有名氣的金礦鎭，現在則以賭城爲主馬馬虎虎維持小繁榮的局面。拿一句話來說，就是拉斯維加斯極小化後，從其中拿掉豪華與風格，而且天氣又糟糕得多的那種地方。在主要大街上排了整排的賭場，大腹便便的善男信女寶貝兮兮地抱著裝了零錢的塑膠碗，雜啦雜啦地發出聲音往吃角子老虎那邊走去。我因爲對賭博沒興趣，因此走過賭場幾乎連門都不進，而去參加了地下中國城的觀光團。說是參加了，客人也只有我和松村君而已，其他沒有任何人。大家都忙著去賭博，沒有像我們這種還要到南達科塔的深山裡，下到潮濕隱密的洞穴去看古時候中國城遺跡這麼癡狂的人（那種心情並不是不能了解）。在入口處，有一個表情黯淡似乎有點神經質的青年在獨自看門，好像非常非常無聊的樣子。

聽說在淘金熱之下有一個新市鎮出現之後，很多中國人便從舊金山駕著搖搖晃晃的馬車，一面被印地安人襲擊，一面千里迢迢地來到南達科塔的深山裡來。手頭沒有職業而出外打工的貧窮中國人，只要聽說什麼地方有工作機會，不管路途有萬里之遙也不厭倦。不過爲什麼這裡的中國人要在地下建起像這樣龐大的迷魂陣般的東西呢，到現在還不明白正確的原因。也有一說是因爲中國移民被城裡的白人虐待，連夜裡都無法安心在地上走動（因爲當時的西部城鎮還是很荒涼粗暴的地方）。反過來也有一說是中國人想避開白人世界，躲藏在自己的世界裡，因此在地下築起祕密的小世界。確實在地下的通路中建有爲了吸鴉片的小房間、也有賭博用的小房間。我從以前就對所謂地下的世界頗感興趣，因此也很有興趣參觀這裡。不過大家一起挖掘洞穴，在一個城鎮的地下建立起屬於自己的「另一個城鎮」，這種當時中國人的發想和精力，我覺得還是不敢領教。

順便一提，在愛達荷州，我們也爲了找尋從前的中國城，而到一個叫做華倫（Warren）的村子去看看。這裡眞是深山裡的深山，連道路都沒鋪柏油。從一般道路進入分支小路，花了兩小時左右才好不容易到達那裡。風景雖然十分美麗，但最近似乎發生過一次森林大火，樹林被燒焦得慘不忍睹。西部大部分的金礦城鎮，現在都已經變成鬼城了，只有這華倫現在還是現役的金礦村。或者說，現在還是現役的鬼城。因爲這裡還住著二十個人左右，在細細地挖著金子。所以以這些人爲對象開了僅有的一家小沙龍似的酒吧。除此之外沒有商店也沒有任何東西。生活物資靠直昇機運來。置身在這村子時，彷彿忽然闖進被歷史之流所遺棄的場所似的。我走進這村子的酒吧，喝了冰Budweiser生啤酒、吃蘑菇漢堡。女服務生並沒有特別冷酷，不過有一種「吃完就可以趕快出去」似的感覺。這地方似乎不太歡迎外地人和外國人的樣子。

酒吧裡有賣「恆例雪梟射擊大會」的T恤。這當然是對高呼保護雪梟的環境保護主義者的諷刺。雖然不算是高明的玩笑，不過到底還是開玩笑。順便提到我們的新車VOLVO也完全不搭配這裡的土地，華倫這地方不要說VOLVO，除了卡車之外，根本看不見一個開其他車子的人。

在黃金熱潮時代，也有很多中國人來到這個村子，挖掘金子開墾田地種起青菜之類的。他們所居住的住宅遺跡，使用過的餐具等現在都還確實留著。這個村子（不如說是集落）有農業局的小招待所，在那裡漆著牆壁油漆的年齡大約高中生左右的女孩子，親切地告訴我這華倫村的由來之類的事情。根據中國城研究家松村君說，中國人的黑手黨之手也伸到這窮鄉僻壤之地，他們在爲同胞斡旋工作的同時，也以賭博和鴉片把他們的金子搾光。這裡似乎賣春也很盛行，好像留下了各種有關美貌中國姑娘的傳說。不過從農業局所領到的正式資料中，則一行也沒寫到有關賭博和賣春的事。

在這華倫村裡，很不可思議的是，到處滾落在地上的石頭全都耀眼地閃閃發光。流過村中心的小河底下，也異樣地閃爍著黃金色的亮光。撿起石頭仔細看時，表面簡直像長青苔似的緊緊貼著一層薄薄的金箔。起初我還想這搞不好是眞金也不一定，還相當認眞地在那一帶撿著石頭收集，但中途又想到「總不是傳說中的 **Zipangu**（譯註：馬可波羅《東方見聞錄》中，中國的東方有個黃金之國，即指日本），不可能有這麼多眞正的黃金掉落滿地吧」，覺得好呆，便作罷了。一定是什麼其他的東西，不是什麼特別貴重，只是會閃光的礦物而已吧。不過站在昔日的黃金城，腳下的石頭和沙子被太陽一照便金光閃閃的，好像被狐狸騙了似的，那光景感覺好奇妙。雖然不是亨佛萊鮑嘉主演的電影《黃金》，不過所謂黃金這東西，或許眞的會讓人的心飄飄然地狂亂起來也不一定。

越過洛磯山脈，從愛達荷州進入猶他州之後，西海岸已經快要近在眼前了。猶他州有一位和我在Taft大學一起的井上查爾斯先生（研究泉鏡花）父母親的農場在這裡，我們接受招待就住在農場。因爲查爾斯經常向我推薦「猶他是個非常美麗的地方啊，你不妨去看一看」。查爾斯的父親是日裔第二代，戰爭中因轉調而由加州被送到懷俄明州的收容所，戰爭結束後他沒有回到故鄉加州，而到相鄰的猶他州定居下來。名副其實是從一文不名開始創業的，現在在嘉尼森小城的郊外擁有七百五十英畝的農場，孩子們都從事醫師、律師、或大學教授等專門職業。他們全都是摩門教徒，不可以喝酒、喝咖啡。因爲到日本來傳教因此日本語非常流暢。孩子們到了適當年齡，一個都不例外地都到Brigham Young大學去接受訓練，而以傳教士身分到日本來。

戰爭結束後，不知道爲什麼沒有回加州而改信摩門教——這種例子極爲少見——關於這點我不便多問，不過在收容所的期間，相信他父親也想過各種事情吧。住在隔壁的兒子，多懷特醫師（和我同年）說「日本人在戰爭中受到很多迫害，摩門教徒在美國歷史中也一直受到迫害，大概這方面有相通的地方吧。而且雙方都是以勤勉爲美德的安份認眞的人」。彼此彼此，雖然並不是大家全都這樣……。

我們把雪上摩托車放在卡車載貨台上，和多懷特醫師一家人到山上去玩雪時（附近的山頂六月天也還有殘雪），我試著問他「對你來說世上最最重要的東西是什麼？」以一句話

「是家人」多懷特醫師回答說「沒有比家人更重要的東西。那是一切事物的基礎」。他的卡車前台上，自豪地放著他英俊兒子參加高中學生會長選舉候選時的照片傳單。他高中畢業後也準備要到日本去傳教。

不過在猶他州時不能喝酒倒是挺傷腦筋的。由於宗教上的原因，嚴格規定全州人一滴酒都不能喝。順便連咖啡也幾乎不能喝。雖然我想「算了，偶爾兩、三天而已，不喝酒也過得去吧」，然而一旦不能喝時，反而會想喝一點也是人之常情。因爲白天大體都非常熱，一到傍晚就想大口喝一杯冰涼的生啤酒。可是到任何地方點啤酒都不簡單。街上也都沒有酒店。餐廳裡首先就不供應酒。因此沒辦法只能咕都咕都地喝冰紅茶。

在接近亞利桑那州界附近的Cedar City的地方住汽車旅館時，兩個穿著深色制服白襯衫打黑領帶的一副摩門教傳教士模樣的青年，坐在櫃檯。我想「大概行不通吧」，但因爲口實在很渴，便試著問看看「什麼地方有可以喝啤酒的餐廳?」已經快到州界了，我想「搞不好有」也不一定。但是青年還是面有難色地皺著眉說「啊，對不起，因爲你們還在猶他州裡」雖然客氣（但多少有點冷酷）地回答。感覺好像在說〈如果那麼想喝的話，就去亞利桑那州喝了再來吧〉。可能的話我也想這樣做，但離州界還要開兩小時，實在已經不想再開什麼車了。那是非常熱的一天，我們已經像狗一樣、像木頭一樣，確實累趴趴的了。

走出外面試著問了很多人，說是街尾有一家「好像是」酒吧的店。實際過去一看，這家雖說我喉嚨很渴，卻是不會想踏進去的地方。以前在費城的偏僻鄉下同樣也有一個宗教性的地方，我走進過一家看起來同樣陰鬱的酒店，因此知道，這種地方就像出現在『鐵假面』的地下牢一樣黑暗，氛圍經常是陰濕濕慘兮兮怪恐怖的，好像周圍一帶剝落的東西全都吹到這裡來了似的。到這種地方去喝啤酒，也一點都不會好喝的。

沒辦法只好放棄，吃了沒有酒精也不美味的晚餐。後來在車子裡試著整個翻找一遍，才發現幾天前在加油站買了就一直放著的，像馬尿一樣溫熱的一罐Budweiser，於是我們把那用旅館製冰器的冰塊冰涼了，兩個人各分了一半，小口小口地啜著喝。雖然眞悽慘，不過味道實在棒透了。

猶他州風景美麗，風土也很有趣，不過一越過州界進入亞利桑那州之後，在落沒沙漠正中央的落沒小地方，我們眼睛第一個發現的酒吧裡，點了Budweiser生啤酒咕都咕都喝下時，老實說還是鬆了一口氣。在這活受罪的世界，想逃也逃不了的現實，已經逐漸滲透進我身體深處了。既眞實又冷酷。嗯，我想世界就該是這個樣子的。

穿過亞利桑那州（關於我們實際上通過的部分，如果要述說的話，其實只有仙人掌和加油站，此外實在沒有什麼特別的地方）、進入內華達州，終於來到賭城拉斯維加。我向來就是一個對賭博沒興趣的人，不過心想既然來到著名的拉斯維加了，就從傍晚開始穿上西裝上衣，走進賭場去。買了籌碼，朝輪盤台走去，心想隨便什麼都行，就在幾個地方隨意放了些籌碼，這不知道該說是給第一次上場者的幸運或什麼，手氣不錯籌碼居然累積到一百七十元美金左右。心想太好了，於是用那贏得的錢，一口氣買了不少中古爵士唱片。拉斯維加街上找一找也有幾家中古唱片行，有的店裡還可以發現相當有趣的東西。

不過說起來到底是什麼樣個性的人會特地跑到歡樂之都拉斯維加來，興匆匆地搜購發了霉的中古爵士LP的呢？只不過贏了一百七十塊美金，就樂得坐立不安沉不住氣，趕快站起來離開輪盤台，哪裡還有像我個性這樣謙虛（或者應該說是窮酸）的人呢？

不過攝影師松村君比我更悽慘，他光是玩吃角子老虎，籌碼忽然嘩啦嘩啦滾出來滿出雙手，他就緊張得肚子突然激烈痛起來，跑回房間去拉肚子。後來臉色憔悴地回來說「唉！我好像不太適合賭博的樣子」，我想他說的大概沒錯。我覺得完全不適合。就這樣，我們在拉斯維加既沒有破產，也沒有變成富翁。只是中古唱片又增加了幾片而已。不過事到如今買吉米・史密斯的LP到底要幹什麼呢？

離開內華達州，終於進入我們這趟旅行的最後一州加州了。周圍依然是除了仙人掌之外，沒有任何東西的沙漠繼續漫長延伸。正中央只有一條筆直的高速公路一直伸出去。只是到目前爲止都難得有一輛迎面來車的空蕩蕩州際高速公路，突然開始感覺像車子比較空的日子的東名高速道路的車輛擁擠程度了。而且開上坡度和緩而漫長的斜坡盡頭越過坡道頂點之後，眼前遙遠的前方，竟清楚地看見一個奇異的白色塊狀，像失去逃避場所的巨大靈魂一般。形狀扁扁平平的，看起來好像可以就那樣放在盤子上，用刀子斷然俐落地切成兩片似的。我想了一會兒之後，才好不容易明白過來，那就是洛杉磯著名的smog（smoke + fog）煙霧。

那種心情好奇怪。既看不見大都市的天際線，看不見太平洋的蔚藍海洋。也沒有什麼特別的東西歡迎我們。一越過山坡頂點時就看見那邊一塊白色的煙霧團塊，只覺得「原來如此，那就是洛杉磯呀」。雖然還不至於說是anticlimax興致遞減，不過那時候並沒有「啊，這下子我們終於橫越過美國大陸，來到西海岸了啊」之類的深刻感動。

類似像感慨之類的，是在我們開下了坡道，完全被吞進那煙霧中，開在大約有六線左右的洛杉磯郊外快速道路時，忽然感覺到的。雖然說出來未免太露骨了，不過那就是「好累好累！這眞是一個巨大的國家，眞是一趟漫長的旅行啊！」

開VOLVO 850 Estate
走美國8000公里路程

在南達科塔州Deadwood賭城招徠客人的牛仔。

走過神戶

九七年五月。我一個人從西宮走到神戶。總之很想走一趟看看。這並沒有打算事後要刊登在什麼地方，換句話說其實是為自己而寫的文章，也沒想到要發表在什麼上面，結果就這樣收錄到這本書裡了。要寫關於故鄉的事是很難的。尤其要寫受了傷的故鄉，就更難了。除此之外我也說不出什麼話。

松村映三君後來順著我所走過的路線，幫我拍了照片。

1

我想試著從西宮一帶，獨自一個人花時間走一趟神戶、三宮，是今年五月的事。碰巧有工作到京都要過夜的出差，於是就信步走到西宮。從西宮到神戶，以地圖上看來大約是十五公里的路程。絕不是「很近」的距離，不過反正我對自己的腳力還有信心，要走完這段路程也還稱不上辛苦的程度。

我戶籍上雖然是京都生的，不過出生後很快就搬家到兵庫縣西宮市的夙川這地方，不久後又搬到蘆屋市去，十幾歲時大半在這裡度過。高中因爲在神戶的郊區，因此去玩的當然是神戶的街上，或三宮一帶。就這樣形成一個典型的「阪神間少年」。當時的阪神間——當然或許現在還是這樣——是從少年期到青年期過起來相當舒服的地方。安靜又悠閒，有一點自由的氣氛，也受到山、海等大自然的恩惠，鄰近就有大都會。可以去聽音樂會、可以到舊書店去找便宜的平裝書、可以去泡爵士喫茶店、也可以到藝術電影院去看新潮電影。說到服裝的話那當然是穿VAN西裝上衣。

不過上大學時出到東京，在這裡結婚、就業之後就不太有回阪神間了。偶爾返鄉時，也是一辦完事立刻又搭新幹線回東京。一方面因爲生活忙碌，另一方面在國外生活的期間也很長。再加上有幾個私人的原因。世界上有人不斷被拉回故鄉，相反地也有一直覺得已經無法回去的人。隔開兩者的，往往是一種命運的力量，那跟對故鄉的感情輕重又有稍許不同。這似乎與喜不喜歡無關，而我好像是屬於後者。

我老家一直在蘆屋，由於九五年一月阪神大震災的關係，幾乎變成無法居住的狀態，我父母親後來很快就搬到京都去了。因此，我和阪神間聯繫的具體牽絆，現在——除了記憶的累積（我的重要資產）之外——已經不存在了。因此在正確的意義上我已經不能稱那裡爲「故鄉」了。這個事實，帶給我若干的失落感。記憶的軸，在體內發出輕微的碾軋聲。非常物理性地。

不過反過來想一想的話，或許正因爲這樣，我才會想要以自己的腳步，一步一步仔細地去踏遍那塊土地吧。雖然，已失去了當然的「故鄉」，但或許還想確認看看這在自己眼中所顯現的，到底是什麼樣子。在那裡我到底能夠發現什麼樣的自己的影子（或影子的影子）？

另外還有一點，也想知道兩年前那個阪神大震災到底對自己所生長的地方造成什麼樣的影響？地震後我造訪過幾次神戶的街上，不用說，深深被那傷痕之深所打擊。不過從那次事件經過兩年之後，看起來好像好不容易總算恢復鎮定的城市，實際上又有了什麼改變呢？還有那巨大的暴力到底從這個城市奪走了什麼？又留下了什麼？我想以自己的眼睛看個清楚。因爲那和我自己現在的存在應該也有不少的關係吧。

我穿上橡皮底的步行鞋，把筆記和小相機放進肩袋裡，在阪神西宮站下了車，以那裡爲出發點朝西方慢慢開始走。是個需要戴太陽眼鏡程度的好天氣。首先我穿過南口的商店街。小學時候，我常常騎腳踏車到這裡來買東西。市立圖書館也在附近，只要有空的時候就會到那裡去，在閱覽室把各種少年讀物——貪婪地讀遍。附近也有我買塑膠模型的模型店。因此這一帶，對我來說是相當懷念的地方。

其實最後一次到這裡，已經是很久以前的事了，因此商店街幾乎變得認不出來了。那變化多少是由於時間經過所造成，多少是由於地震的物理性破壞，我無法正確判斷。就算是這樣，兩年前的地震所留下的傷痕依然歷歷可見。建築物倒塌後的空地，像牙齒拔掉後的痕跡般到處零零落落的，而像把這些連接起來似的則建了一連串的預鑄式的臨時店鋪。以繩索區隔的空地上則蔓生著夏季的綠草，路面的柏油還殘留著不祥的裂痕。比起在廣受世間的注目之下，急速完成復興的神戶中心的繁華街來，這裡所留下的空白不知爲什麼顯得格外的鈍重、安靜而深沉。當然這不只是西宮的商店街而已。我相信神戶的周邊一定還有許多依然背負著同樣傷痕的地方，雖然不太常被提起但卻繼續存在著。

穿過商店街之後，就有一處西宮的戎神社。這是非常大的神社。境內有深深的森林。小時候，這對我和玩伴們來說是個非常棒的遊戲場所。然而那傷痕卻看了令人心疼。沿著國道並排的巨大長夜燈，大部分就像被銳利的刀刃砍掉頭似的，從肩口以上失去燈籠部分，不完整地凌亂滾落腳下的地面。殘留的土台則變成喪失了意識和方向的石像，彷彿出現在夢中的象徵性形象般，無言而沉重地排列在那裡。

有一座我小時候常在那水池釣小蝦的舊石橋（在綁了繩子的空瓶子裡放進麵粉團當餌，把那瓶子放進水裡，小蝦就會進來。再隨便順手把那拉上來。很簡單），還任其倒塌陷落在那裡。那池水像花了長時間燉煮過般泥濘地黑黑濁濁的，年齡不詳的幾隻烏龜在乾岩石上，可能什麼也沒想只是不經意地呆呆曬著龜甲。到處可以看見激烈破壞後的痕跡還活生生地殘留著，附近一帶看起來甚至像是某種遺跡似的。只有境內的深深森林，還和我記憶中昔日的樣子沒有改變，超越時間仍靜靜地、暗暗地在那裡。

我在神社境內坐下來，在初夏的陽光下再度環視周圍一圈，讓自己適應那風景。我想把那風景自然地納入心中。在意識中、皮膚中。當做「搞不好自己就遇到像這樣的事情」來體會。不過那需要花很長的時間。不用說。

2

從西宮，走到夙川。離中午還有些時間。走得快的話，會稍微流汗程度的晴朗。自己現在大約走到哪裡了，不用看地圖也知道，不過一條條的路卻覺得都沒看過。以前應該是經常走的路，卻完全沒有記憶。「爲什麼不記得曾經看過呢？」我覺得很奇怪。不，老實說甚至可以說覺得很混亂。就像回到家裡，家具卻全部換掉了似的感覺。

不過我立刻明白那原因了。空地的所在地，就像軟片的正片和負片對調了。也就是過去應該是空地的土地已經變成不是空地，而過去應該不是空地的地方現在卻變成了空地。大體上因爲前者是空地變成了住宅地，而後者則因大震災的關係老房子已經消失了。由於這兩個作用（一前一後）互相重疊，使我記憶中昔日街頭的光景可以說變成相乘虛構的東西了。

我以前住過的夙川附近的老房子也不見了。後來蓋了整排像公寓般的建築物。在附近的高中學校的操場，變成地震罹難者的暫設住宅，我們從前玩過棒球的那一帶，已經變成住在那裡的人們感覺很擁擠地曬著衣服、棉被的地方。一直仔細地看，還是幾乎找不到過去的影子。雖然河裡的水還是和以前一樣澄清美麗，但看到河水被太整齊的水泥底固定住，也總覺得怪怪的。

我朝海的方向走了一小段，走進附近一家小壽司店。因爲是星期天中午，所以外送的生意很忙的樣子。出去外送午餐的年輕人很久都還不回來，老闆則忙著接電話。全日本到處都有的風景。我點的東西送來以前，一面不經意地看著電視一面喝中瓶的啤酒。兵庫縣長正在和來賓談著有關震災後的復興狀況。至於在談什麼，現在想要回想看看，卻已經完全忘記了。

走到堤防上，要是過去的話，眼前立刻展現寬闊的大海。沒有任何東西遮攔。我小時候，一到夏天每天都在那裡游泳。我喜歡海，喜歡游泳，也喜歡釣魚。每天帶著狗去散步。喜歡只是一直安靜地坐在那裡。夜裡從家裡溜出來跟朋友一起到海灘去，撿集一些流木生起火來。我喜歡海的氣味、從遠方傳來的海鳴聲、還有海水沖上來的東西。

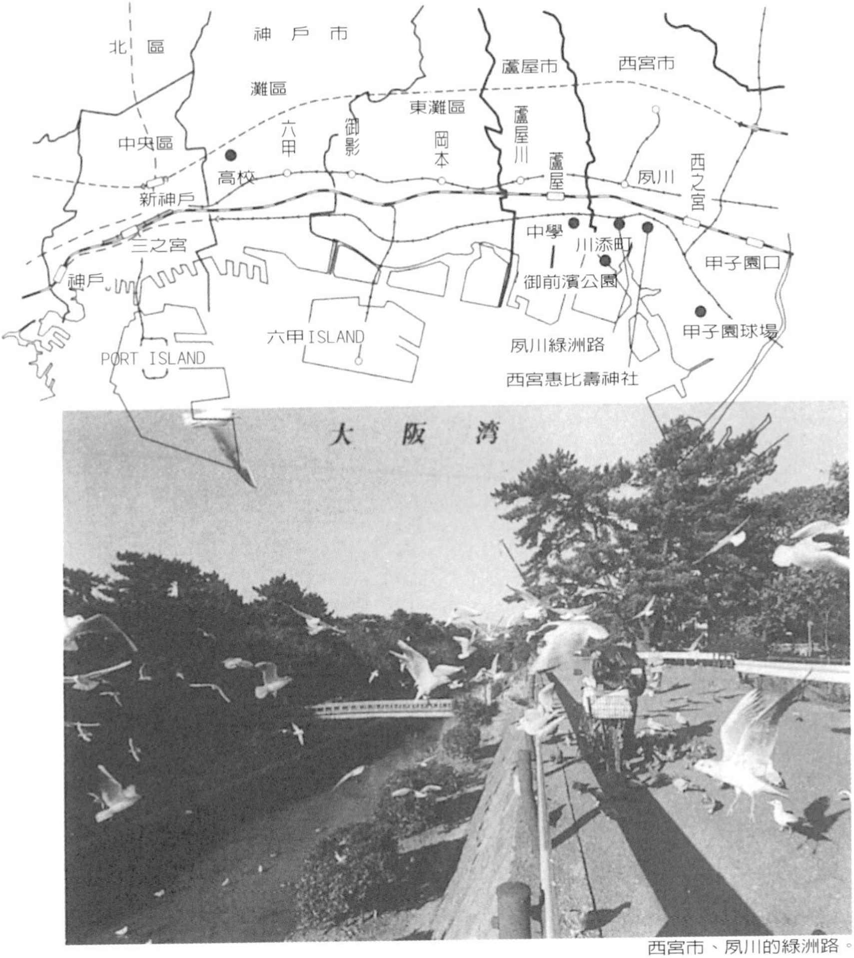

北區
神戶市
灘區
中央區
東灘區
蘆屋市
西宮市
六甲
御影
岡本
蘆屋川
蘆屋
夙川
西之宮
高校
新神戶
三之宮
神戶
中學
川添町
御前濱公園
甲子園口
甲子園球場
六甲ISLAND
PORT ISLAND
夙川綠洲路
西宮惠比壽神社
大阪湾

西宮市、夙川的綠洲路。

不過現在，那裡已經沒有海了。人們把山砍下來，把那大量的土用卡車或輸送履帶運到海邊，把海塡起來。山和海很接近的阪神間，對那樣的土木作業實在是很理想的場所。山砍掉之後建立起一排排雅致的住宅，被塡掉的海也同樣蓋起一排排雅致的住宅。這些事情都是在我到東京之後不久，經濟高度成長時代，一股列島改造熱潮正盛的時候所進行的。

我現在的房子在神奈川縣的海邊，我就在東京和這裡來來往往地生活著，不過這海邊的地方對我來說——可以說很遺憾，雖然非常遺憾——但現在這裡可以說比故鄉更使我想起故鄉。這裡還有可以游泳的海灘，還有綠色的山。對這樣的東西，我希望能以我的方式去繼續保護。因爲一旦已經逝去的風景，就不會再復原回來了。因爲經由人的手一旦解放出去的暴力裝置，是絕對不會倒行回頭的。

堤防的對面一側，過去是香爐園海水浴場的那一帶，周圍的海已經被塡起來變成像一個小巧的入海口（或水池）。在那裡有一群玩風帆的人正在努力掌握著風向。在那緊西側可以看到以前的蘆屋海濱，建起像碑石般一排排單調平板的高層大廈。海灘上有幾組開著旅行車或廂型車來的家庭，帶了攜帶用的瓦斯爐正在烤肉。也就是所謂的做「戶外」休閒。烤著肉啦魚啦青菜的白煙，也以星期日明朗情景的一部份，像狼煙般靜靜地升上天空，天上幾乎沒有一片雲。五月的下午悠閒的風景。甚至可以說是沒得挑剔的。然而我在水泥堤防上坐著，一直凝視著過去曾經有過眞正的海的那一帶時，在那裡的一切的事物卻彷彿漏了氣的輪胎一般，逐漸在我的意識中靜靜失去了現實的滋味。

在那和平的風景中，有難以否認的暴力餘音。我這樣感覺。那暴力性的一部份就潛藏在我們腳下，而另一部份則潛藏在我們自己內部。一方也是另一方的隱喩。或許這二者是可以互換的。他們就像作著同一個夢的一對野獸般，在那裡沉睡著。

越過小河進入蘆屋市。通過以前上的中學前面，通過以前住過的房子前面，走到阪神蘆屋車站。看了車站張貼的海報，星期日（就是今天）下午兩點開始在甲子園球場舉行「阪神・養樂多」的日間比賽。看了這消息之後，忽然很想到甲子園球場去。於是急忙改變預定計劃搭上往大阪的電車。比賽才剛剛開始。現在去的話應該可以趕上第三局吧。接下去的路程可以明天再走。

甲子園球場和我小時候幾乎一樣。簡直像時光一下子溜回去了一樣，令人懷念的不適應感——這樣表現雖然有點奇怪——但我可以深深感覺到。球場上有改變的是，看不見扛著小圓點花紋桶子賣可爾必斯的人了（世間似乎已經不太有人在喝可爾必斯了），此外大約只有外野的得分板已經變成電光顯示的（因此白天字看得非常不清楚）。球場地上泥土的顏色還一樣，草地的綠色也一樣，阪神隊的球迷還是一樣。不管發生地震也好，戰爭也好，就算經過幾個世紀，或許只有阪神隊球迷的樣子大概還不會變吧。

棒球由川尻和高津在互相投球，結果以1比0阪神獲勝。雖說只有一分之差，但並不是很激烈的比賽。算是屬於幾乎沒什麼看頭的比賽。說得極端一點，好像不看也可以似的比賽。尤其對外野席的觀眾來說，只有日照越來越強烈，喉嚨感到好乾渴。我喝了幾杯冰啤酒，當然的結果是，我在外野的長椅上偶爾薰陶陶地打起瞌睡來。清醒過來時，一瞬之間搞不清楚自己現在到底身在何處〈我到底在哪裡〉？照明燈光的影子歪斜著，已經一直延伸到前面來了。

3

我在神戶街上隨便選了一家眼前看到新的小旅館訂了房間。住的客人大半是年輕的女性團體。是那種類型的旅館。早晨六點起床，趁著尖峰時段之前搭阪急電車到蘆屋川站下車。

然後從那裡開始，繼續進行我小小的徒步旅行。和昨天完全不同，天空被烏雲所覆蓋，稍微有一點冷。報紙的氣象報導滿自信地預告，下午可能開始下雨。報憂不報喜。就像那個**Kassandra**（譯註：希臘神話中預言特洛伊戰爭的公主）一樣（當然那預言說中了，我傍晚被淋成落湯雞）。

在三宮車站買的早報上，刊出「須磨新城（那裡也是砍了山所建的新城區吧，我這樣想像。因爲是聽起來不熟的地名）有一個人襲擊了兩個少女，使其中一個死亡的『過路魔』尚未落網，而且幾乎還沒找到任何線索。家裡有小孩的居民都感到害怕」。當時土師淳君的殺人還沒發生。但不管怎麼說，那是以小學生爲目標的殘酷、陰慘、無意義的犯罪，則是不變的事實。我因爲幾乎不讀報紙，所以連發生了這種事件都不知道。

報導的字裡行間，我記得雖然平板卻奇怪地散發著深刻的、可怕的基調。我一面摺起那報紙，一面想到「一個大男人非假日的大白天就在街上晃來晃去地閒逛著，搞不好會招來奇怪的眼光也不一定」。新的暴力影子，浮現在那地方的我，所具有的新意味的〈異物性〉。我覺得自己混進了一個錯誤的場所，像一個未被邀請的客人似的。

我沿著阪急電車靠山側的道路，一面偶爾繞道一面朝西走著，大約三十分鐘進入神戶市。蘆屋是個南北狹長的城市。朝東西向走的話，一下子就穿過去了。我一面看著左右兩邊一面走時，同樣還是看見到處因爲地震所產生的空地。偶爾也看見沒有人影的傾斜房子。阪神間的土地和關東不同，本來就是山上的沙地，所以沙質滑滑的色調有點泛白。因此空地的存在格外醒目。地面碧綠的夏草長得很茂盛，那鮮明的對比相當刺眼。那使我聯想到親人白色皮膚上所留下的外科大手術後的傷痕。那印象總是物理性超越時間和狀況地，刺著我的皮膚。

當然那裡並不只有雜草茂盛的空地。我也看到建築工地。不到一年之後，這一帶將會出現一排排的新建住宅吧。很可能會改觀得讓人認不出來的程度。新的瓦片，承受著新的陽光，閃著炫眼的光輝吧。但是到了那個時候，這裡所產生的新風景，和我這個人之間，也許共有感已經顯然不存在了（我想大概不存在吧）。地震這壓倒性的破壞裝置不顧一切所露出的新的分水嶺，也許就存在那之間（我想大概會存在吧）。我抬頭看看天空，胸中吸進薄薄陰雲天的早晨的空氣，想一想培養出我這個人的這塊土地，想一想這塊土地所培養出來的所謂我這樣一個人。想一想這一類，說起來，沒有選擇餘地的一些事物。

到了下一站的阪急岡本站，我想哪裡都可以，就隨便走進一家喫茶店去吃 morning service 的早餐。回想一下我從早晨開始就什麼都沒吃了。但實際上，卻到處都看不到一家從早上就開門的喫茶店。對呀，這裡不是那種城市。沒辦法只好在國道邊的Lawson買了Calorie Mate營養餅乾，在公園的長椅上坐下來一個人默默地吃。並喝了罐裝的咖啡。把這一路上所目睹的一些事物記在筆記上。然後休息一下，把放在口袋裡帶來的海明威的《太陽也升起》（*The Sun Also Rises*）繼續讀了幾頁。記得高中時代讀過的，由於偶然的機會在飯店床上再開始讀起來，便又完全被迷住了。爲什麼以前不懂得這本小說的精采呢？這樣一想，覺得很不可思議。大概在想別的事情吧。

走到下一站，很遺憾也沒有morning service的店。我一面深深夢想著熱熱濃濃的咖啡，和塗了奶油的厚片土司一面沿著阪急電車的鐵路默默地繼續走著，依然通過幾處空地和幾處建築工地。並和幾輛正要送孩子到學校或車站途中的E級賓士車照面而過。賓士車不用說沒有一點瑕疵，沒有一絲灰塵。就好像象徵沒有實體，流逝的時間沒有目的一樣。那是和地震和暴力都沒有關係的事物。或許。

在阪急六甲站前，稍微妥協之下我走進了麥當勞，點了egg muffin set（三百六十圓），像深沉的海鳴般的飢餓終於被塡滿了，我休息了三十分鐘。時針指著九點。早上九點進麥當勞，覺得自己像被組合進巨大的（麥當勞式的）假想現實的一部份似的。或變成集合性無意識的一部份似的。但實際上包圍著我的，只不過是個別性的現實。不用想也知道。個別性，沒有好也沒有壞，只是一時迷失了去處而已。

我想既然好不容易特地來到這裡了，於是一面額頭稍微滲著汗一面走上滿陡的斜坡路，走到以前上的高中去看看。從前我每次都搭客滿巴士通車上學的路，這次則慢慢地用自己的腳走上去。把山的斜坡推平所建的寬闊操場上，女學生正在上體育課打著手球。周遭出奇的靜悄悄的，除了她們偶爾發出的呼喊聲外，幾乎聽不到任何聲音。因爲實在太安靜了，甚至讓我覺得好像由於某種偏差而進入一個錯誤的空間層次裡去了似的。爲什麼會這樣安靜呢？

眼睛一面俯瞰著遠處神戶港閃著鈍色的光，耳朵一面試著傾聽是否能夠聽見遙遠昔日的回音。然而什麼也沒傳進我耳裡。如果借用一下保羅塞門的老歌歌詞，只聽得見沉默的聲音而已。唉，沒辦法。畢竟已經是三十多年前的事了。

三十年以上的陳年往事——對，只有一件事情是我確實可以說的。那就是人上了年紀，就會變得越來越孤獨。大家都一樣。不過那或許沒有什麼錯。因爲，在某種意義上，所謂我們的人生只不過是爲了習慣孤獨的一個連續過程而已。那麼，也沒什麼理由好抱怨的了。就算要抱怨，又能向誰訴說呢？

4

我站起身，離開高中，有點無覺地走下長長的斜坡路（有點走累了也有關係），就那樣走到新幹線的新神戶車站。來到這裡的話，離目的地的三宮只差一口氣了。

因爲還有時間，純粹爲了好奇，我就走進站前新開業的巨大的新神戶東方飯店看看。在裡面咖啡廳的沙發上沉重地坐下來，終於好不容易喝到今天第一杯正式的咖啡。把背包從肩上卸下，把太陽眼鏡摘下，深呼吸一下，歇一歇腿。忽然想起來到洗手間去，早上從飯店出門後第一次去小便。回到座位喝了續杯的咖啡，然後才鬆一口氣環視周圍一下。眞是好寬闊的地方。和在港邊附近以前的神戶東方飯店（由於地震現在休業中，那裡曾經有適度親密感的良好服務），印象相當不同。與其說空間寬闊，或許不如說「空蕩蕩的」表現法比較接近事實。看來好像是木乃伊數目不足的剛建好的金字塔一樣。不是我愛挑剔，不過我覺得這不是我會特別想住的飯店。至少不是我喜歡的類型。

幾個月之後，沒想到就在那咖啡廳發生黑道暴力份子槍擊亂射事件，結果兩個人因此被奪走性命。當然那時候的我，不可能知道會發生那樣的事件。不過不管怎麼說，我在那裡又和另一件「即將到來的暴力」的陰影，夾著若干的時差偶然擦肩而過。這樣一想，雖然是「碰巧的」，卻覺得很不可思議。過去和現在和未來，好像立體交叉般來來去去。

我們現在，爲什麼這麼深刻，而且不斷地，暴露在暴力的陰影中呢？我在四個月之後，一面回顧這小小的徒步旅行，一面面對書桌寫這篇文章，不禁懷有這樣的印象。就算光把現在所謂神戶這個地區切下來看看，我都可以感覺到，一個暴力和另一個不同的暴力似乎宿命性地（現實上，或比喻上）緊緊聯繫著似的。其中是否有某種時代的必然性？或者完全只是偶然的一致而已呢？

在我離開日本住在美國的期間，正好發生阪神大震災，在那兩個月後又發生地下鐵沙林事件。對我來說，那感覺上彷彿是擁有極象徵性意義的連鎖事件。我在那年夏天回到日本來，喘一口氣之後開始進行地下鐵沙林事件許多被害者的採訪工作，一年後《地下》（譯註：中文譯名爲《地下鐵事件》）這本書付梓。我在這本書中想要探究、描寫出來的，或者我自己迫切想要知道的，是我們社會腳底下確實隱藏著的暴力性。是我們平常雖然忘記了它的存在，但現實中卻可能存在著暴力，或以暴力的形式出現在現實中的可能性。因此我所採訪的對象不是〈加害者〉，而特地選擇〈被害者〉。

從西宮到神戶的路上，我一個人花兩天的時間，一面默默走著，一面一直思考著那樣的命題。一面在地震的陰影中運著腳步，一面繼續想著「地下鐵沙林事件到底是怎麼回事？」或一面拖著地下鐵沙林事件的陰影，一面繼續想著「阪神大震災到底是怎麼回事？」這兩件事，並不是個別分開的事。如果能解開其中的一件，應該就可以更明快地解開另一件。我這樣想。那既是物理上的同時也是心理上的事。或者應該說，所謂心理上的事本身本來就是物理上的事。我必須在這兩者之間架起自己所能架的走廊才行。

而且再補充說明的話，其中還有「我現在，到底能做什麼呢？」這個更重大的命題。

很遺憾，對於這些命題，我還沒有明確的理論性結論。我具體上並沒有得到什麼結論。我現在所能做的，只有將我的思考（或視線、或雙腳）所走過的現實路程，以如此不確實的散文，裝在非高潮（anticlimax）式的器皿上端出來顯示而已。不過要是可能的話，我希望你能理解。畢竟我這樣一個人，只能靠運動自己的雙腳，運動自己的身體，——物理性地、笨拙地經過那樣的過程，才能繼續往前進。而且那很花時間。要花很慘的漫長時間。但願還來得及。

終於回到三宮的街上。已經滿身汗臭了。那並不是多麼不得了的距離。不過卻是比早晨出去散步一下的距離要遠。我在飯店房間沖過熱水澡，洗了頭，從冰箱裡拿出一瓶冰涼的礦泉水一口氣喝乾。從旅行袋裡拿出新衣服來換穿。深藍色的polo衫、藍色棉上衣，米黃色斜紋棉長褲。腳有點腫，不過只有這個不能換新的。頭腦裡還充滿尚未解決的模模糊糊灰撲撲的思緒——這也沒辦法拿出來。

因爲也想不起什麼特別要做的事，於是走出街上隨便找一部電影看。雖然說不上感動，但也不太壞的電影。湯姆克魯斯主演的。讓身體休息，讓時間過去。經過了人生中的兩小時——沒什麼感動，也不太壞。走出電影院已經接近黃昏。一面散步一面走到半山區的小餐廳去。一個人坐在櫃檯點了海鮮披薩，喝了生啤酒。獨自一個人的客人只有我一個。也許是心理作用吧，進到那家店裡的客人，除了我之外，大家看來都顯得非常幸福的樣子。情侶們一副很恩愛的樣子，團體一起來的男男女女也發出很大的聲音快樂地笑著。偶爾也有這樣的日子。

送來的海鮮披薩上附有一張小小的紙片，寫著「您所享用的，是本店的第958,816片披薩」。我有一會兒沒能搞懂那數字的意思。958,816？我到底應該怎麼解讀那訊息呢？這麼說來我跟女朋友曾經來過這家店好幾次，同樣喝了冰啤酒，吃了剛出爐附有號碼的披薩。我們

從御前濱公園（舊香櫨園）眺望蘆屋市濱風町方向。

談了許多有關將來的種種事情。雖然當時在這裡提到的一切預測，全都沒有一件準的……。不過那已經是很久以前的事了。那還是這裡還好好的有海、有山的時候。

不，海和山現在也還有。當然。我說的是和現在在這裡的不同的海、不同的山。我一面喝著第二杯啤酒，一面翻開《太陽也升起》的文庫本，繼續讀下去。已經失去的人們的，已經失去的故事。我立刻被吸進那世界裡去。

終於走出店門，正如前面已經預告過的那樣，我被雨淋濕了。眞的是濕得令人厭煩的地步，全身濕透透。連買傘都嫌麻煩的地步。

邊境之旅

在現在這種時代去旅行，並寫關於那文章，何況寫出一冊書來，想起來還眞有許多困難。眞的很困難。因爲現在要到海外旅行並不是多特別的事。和小田實寫《什麼都去看一看》的時代不一樣。只要想去——也就是說只要一動心，也出得起錢的話——可以說全世界任何地方都可以去。非洲叢林能去，南極也能去。而且還可以自己擬計畫做套裝自由行。

所以關於旅行，說起來不管去多麼遠、多麼偏僻的地方，我想腦子裡如果首先沒有「這不是多麼特別的事」的認識的話，是不行的。最好排除過度的熱烈期待、啓蒙、或振奮逞強之類的，也就是說不得不從當作「有幾分非日常的日常」來掌握旅行，否則沒辦法寫現在的旅行記。要說是「我到那邊去一下就回來」雖然有點極端，不過要是「橫眉豎目下定決心」的感覺的話，可能讓讀的人也覺得有一點辛苦吧。

在這意義上，開車橫越美國大陸，和在四國一天三餐，連續三天光吃烏龍麵，到底那一邊比較算邊境，開始有點搞不清楚了。眞是個很難說的時代（笑）。

我大體上，在實際旅行時，不太做很詳細的文字紀錄。不過我總是會在口袋裡放一本小筆記本，遇到什麼當場就會一一記下一行行像標題似的摘要。例如「包頭巾的婦人！」之類的。事後翻開筆記本看到「包頭巾的婦人！」這句子，像會立刻想到，啊，對了，在土耳其和伊朗的邊境附近一個小村子裡有那麼一個奇怪的婦人，先做好這樣的準備。換句話說只要對自己來說形式最容易了解的標題就行了。這就像浮出海面當做目標記號的浮標一樣，預先一項一項地一連串寫下來。就跟文書檔案抽屜的分類標題一樣。這在旅行了好幾次之間，逐漸掌握到自己最適合的做法。

如果忘記日期、地名和各種數字的話，要寫東西時，現實上會遇到困難，因此盡可能費心地紀錄下來當作資料，不過盡量不去寫仔細的記述和描寫。反而在當場努力忘記寫東西這回事。紀錄用的照相機也盡量不用。盡可能節省這些多餘的能量消耗，相反地則用自己的眼睛好好的觀察各種東西，集中精神把那些情景、氛圍、氣味、聲音之類的清晰地刻進腦子裡去。變成一團好奇心，總之把自己一頭栽進當地的現實裡去是最重要的。讓它滲進皮膚裡去。讓自己當場變成錄音機、變成照相機。以經驗來說，這樣做，當事後要寫文章時幫助會更大。反過來說，如果非要一一看照片否則便想不起來的形影的話，那麼本來就沒辦法成爲有趣的文章。

所以雖然說是採訪，表面上看起來作家很輕鬆。在當地幾乎什麼也沒做。只是一直看而已。這時只有攝影師東跑西跑地忙著拍照。相反地，作家是回來之後才開始辛苦。照片只要沖洗出來之後就沒事了，可是作家則從現在才要開始作業。面對書桌，憑著記下來的單語在腦子裡讓各種事情一一重現出來。我多半在回國後經過一個月或兩個月後才開始寫文章。以經驗來說，最好經過這樣的間隔時間再寫，結果會比較好。在那時間中，該沉澱的東西會沉澱，該浮現的東西會浮現。然後光把浮出來的東西輕輕地巧妙而自然地串聯起來。這樣的話文章就出現一條粗線了。對於寫東西來說，忘記也是一件重要的事。只是如果放著不管比這更久的話，很多事情都會忘記，所以做什麼事情總有所謂「適當的時期」。

在這意義上，對我來說我覺得寫旅行記是非常貴重的文章修行。試想一想，旅行記這東西本來應該做的，和小說本來應該做的，機能上幾乎一樣。大部分的人都會旅行對嗎？例如，和大多的人都會戀愛一樣的文脈。可是這要向人述說，卻不是簡單的事。就算你跟誰說，遇到這樣的事情噢，也到這樣的地方去了噢，感覺這樣噢，但是要把自己在那裡眞正感覺到的事，把那感情的水位之不同之類的，清清楚楚地傳達給對方，是極困難的技術。或者應該說幾乎接近不可能。而且要讓聽著的人感覺到「啊，旅行眞是好快樂的事。我也好想去旅行」「戀愛是這麼棒的事啊。我也想談一次很棒的戀愛」，那就更困難了。對吧。不過既然要寫，當然就要是職業的文章。其中技術是必要的，不但必須要有固有的文體，而且當然必須要有熱情、愛情，和感動。在這意義上寫旅行記，對於身爲小說家的我也是非常好的學習。雖然本來就是因喜歡而寫的，結果卻變成這樣。

我本來就喜歡旅行記這東西。從以前就喜歡。從小就很迷斯文・赫定（譯註：Sven Hedin，瑞典地理學家、探險家，著有《中亞探險記》）和史坦利（譯註：Henry Morton Stanley，生於英國的非洲探險家）等的旅行記，熱心地讀著長大的。比起童話，我總之特別喜歡這一類「邊境旅行記」。每次翻開這些書就會非常興奮歡喜。史坦利歷經千辛萬苦到剛果的深奧內地，尋找失蹤的李文斯頓（Livingstone）探險隊的情形，到現在我還記得很清楚。比較新的像保羅塞洛的東西我也常常讀。寫得好的旅行記讀起來比自己去旅行還要有趣得多，這種情形並不算少。

不過正如我以前也說過的那樣，像這樣誰都可以去任何地方的現在，已經失去所謂邊境，而冒險的質也完全改變了。所謂「探險」和「祕境」之類的語言已逐漸陳腐化，在現實的層次中已變成幾乎不能用的狀況了。雖然電視上之類的現在好像還有所謂「某某祕境」之類大時代性標題的大型節目，不過實際上幾乎已經沒有眞正喜歡那種節目的纖細的人了。在這層意義上，確實現在對旅行記來說或許不是太快樂的時代。

但是不管怎麼說，我想旅行這行爲本來之所以成立，如果或多或少在於旅行者急於做意識的變革的話，那麼描寫旅行的作業也必須反映那動向才行。那質在任何時代都不會改變對嗎？因爲那才是所謂旅行記這東西所擁有的本來的意義。光是將「我去了什麼什麼地方。遇到這樣的事情。做了這樣的事。」之類趣味性、珍奇性只是並列式長篇連串地排列出來，人家是不太會讀的。我覺得必須複合地明顯地表現出〈那不管和日常生活離得多遠，但同時又和日常生活多麼鄰接〉的情形〈順序相反也沒關係〉才行。而且這樣也才能從中產生眞正新鮮的感動。

我想最重要的是，即使在這樣一個邊境已經消失的時代，依然相信自己這個人心中還是有製造得出邊境的地方。而且不斷繼續確認這樣的想法，也就是旅行。如果沒有這種類似洞察眼力的話，就算去到天涯海角，大概也找不到邊境吧。因爲現在就是這樣的時代。

〈本文是由刊登在《波》雜誌，名爲「邊境之旅」的談話紀錄重新編成的〉

藍小說 918

邊境・近境

作者—村上春樹
譯者—賴明珠
主編—鄭麗娥
編輯—王力容
校對—陳揚德、賴明珠

董事長—趙政岷
出版者—時報文化出版企業股份有限公司
108019台北市和平西路三段二四〇號四樓
發行專線—（〇二）二三〇六—六八四二
讀者服務專線—〇八〇〇—二三一—七〇五
（〇二）二三〇四—七一〇三
讀者服務傳真—（〇二）二三〇四—六八五八
郵撥—一九三四四七二四時報文化出版公司
信箱—10899台北華江橋郵局第九十九信箱
時報悅讀網—http://www.readingtimes.com.tw
電子郵件信箱—liter@readingtimes.com.tw
法律顧問—理律法律事務所 陳長文律師、李念祖律師
印刷—紘億彩色印刷有限公司
初版一刷—一九九九年三月二十二日
二版一刷—一九九九年三月二十二日
二版二十刷—二〇二一年九月十七日
定價—新台幣二〇〇元

時報文化出版公司成立於一九七五年，
並於一九九九年股票上櫃公開發行，於二〇〇八年脫離中時集團非屬旺中，
以「尊重智慧與創意的文化事業」為信念。

邊境・近境 / 村上春樹著；賴明珠譯. -- 初版. -- 臺北市：時報文化,
1999 [民88]
面；　公分. --（藍小說；918）

ISBN 957-13-2861-8（平裝）
ISBN 978-957-13-2861-4（平裝）

861.6　　88003128

ISBN 957-13-2861-8
ISBN 978-957-13-2861-4
Printed in Taiwan

請沿虛線摺下裝訂，謝謝！

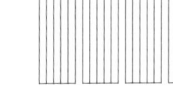

廣	告	回	信
台北郵局登記證			
台北廣字第2218號			

時報出版
CHINA TIMES PUBLISHING COMPANY
尊重智慧與創意的文化事業

地址：10803台北市和平西路三段240號3樓
讀者服務專線：0800-231-705・(02)2304-7103
讀者服務傳真：(02)2304-6858
郵撥：19344724時報文化出版公司

請寄回這張服務卡（免貼郵票），您可以——
●隨時收到最新消息。
●參加專為您設計的各項回饋優惠活動。

寄回本卡，掌握藍小說系列的最新訊息

揮發感性掌聲：捕捉流行話題—淺藍的、海藍的、灰藍的……

藍小說

無限飽滿藍色想像空間——無國界的小說新地帶。

編號：AI 918	書名：邊境・近境
姓名：	性別：______ 1.男　2.女
出生日期：　年　月　日	身份證字號：

______ 學歷：1.小學　2.國中　3.高中　4.大專　5.研究所（含以上）

______ 職業：1.學生　2.公務（含軍警）　3.家管　4.服務　5.金融　6.製造　7.資訊　8.大眾傳播　9.自由業　10.農漁牧　11.退休　12.其他

地址：______縣（市）______鄉鎮區______村______里______鄰______路（街）______段______巷______弄______號______樓

郵遞區號 ______

（下列資料請以數字填在每題前之空格處）

______ **您從哪裡得知本書／**

1.書店　2.報紙廣告　3.報紙專欄　4.雜誌廣告　5.親友介紹
6.DM廣告傳單　7.其他______

______ **您希望我們爲您出版哪一類的作品／**

1.長篇小說　2.中、短篇小說　3.詩　4.戲劇　5.其他 ______

您對本書的意見／

______ 內　容／1.滿意　2.尚可　3.應改進
______ 編　輯／1.滿意　2.尚可　3.應改進
______ 封面設計／1.滿意　2.尚可　3.應改進
______ 校　對／1.滿意　2.尚可　3.應改進
______ 翻　譯／1.滿意　2.尚可　3.應改進
______ 定　價／1.偏低　2.適中　3.偏高

您的建議／

______
______
______

請沿虛線撕下後對折裝訂寄回，謝謝！